初老然後呢？

米果的老青春・幸福論

米果——著

「初老跡象」測驗題

編按：

初老58條是米果在部落格發表後不斷被網友轉傳，接著全文收錄在米果的作品《只想一個人，不行嗎？》的〈初老跡象〉一文。偶像劇「我可能不會愛你」一劇加以引用，使得更多讀者與觀眾對這58條初老跡象產生無比共鳴。

測驗注意事項：

1. 測驗前請先舉起右手，左手摸著心臟，告訴自己，我絕對會誠實作答。
2. 測驗後請接受事實，告訴自己，「嗯，初老，歡迎光臨。或者，初老，誰怕誰啊！」

□ 01 身旁陸續出現一堆人喊你「××哥」「××姐」，但其實很想叫他們閉嘴。

□ 02 發現同事的年齡與自己的距離從五歲、擴大到十歲，十五歲……

□ 03 開始懷疑比自己年齡大的人，是不是都跑到外星球去了？

□ 04 以前可以唱KTV到天亮，現在只要熬夜一天，就會累一個禮拜。

□ 05 只要坐下來，小腹就有一攤肉。

□ 06 開始注意維骨力和維他命E的行情。

□ 07 躺在沙發看八點檔連續劇會熟睡三十分鐘以上。

□ 08 覺得五分埔與路邊攤的T恤都是給紙片人穿的。

□ 09 以前煩惱青春痘，現在煩惱小細紋。

□ 10 除非參加清早晨運的甩手功或廟會朝山活動，否則很難找到比自己年齡大的聚會。

□ 11 對於陌生網友的「我們可以交朋友嗎？」說法，覺得無比愚蠢而沒有耐心。

□ 12 認識新朋友的速度與機率逐漸鈍化。

□ 13 對於沒有結論的冗長會議充滿厭惡。

□ 14 越來越覺得專家說法都是唬爛。

□ 15 已經放棄「All YOU CAN EAT」這種吃到飽的把戲了。

□ 16 如果一天沒有吃綠色蔬菜就會覺得身體怪怪的。

□ 17 莫名其妙就會一大早醒過來。

□ 18 逐漸沒有耐心替爛朋友收爛攤子。

□ 19 越來越不喜歡改變「已經習慣的習慣」。

□ 20 很討厭在外面過夜，因為要帶好多東西。

□ 21 不知不覺，隨身攜帶溫水壺和牙線棒。

□ 22 懶得交新朋友的原因，是因為懶得從頭交代自己的人生。

□ 23 越久以前發生的事情越是記得，越近的事情反而容易忘記。

□ 24 總是把「重要的東西」放在「重要的地方」，然後把那個「重要的地方」徹底忘記。

□ 25 覺得自己快要被一堆密碼和一堆遙控器淹沒了。

□ 26 每次看到某某歌手某某影星過世的消息，就要感嘆一次，我們的時代過去了。

□ 27 60頻道以後的電影台播放的舊電影，會忍不住一口氣看完。

□ 28 說你看過《東京愛情故事》，知道「完治」與「莉香」，周遭一片譁然。

□ 29 朋友們離婚的（數量／年度）開始超越結婚的（數量／年度）。

□ 30 對於星座、運勢、紫微斗數、塔羅牌、兩性專家與勵志書，已經沒有感覺了。

□ 31 對於磁場不對的人，可以毫無牽掛地跟他說再見、再見、再見……

□ 32 參加告別式的機率比婚禮多，包白包的機會比包紅包的機會多。

□ 33 再也不覺得年輕辣妹或帥哥是一種天上掉下來的幸福。

□ 34 以前糟蹋身體，現在被身體糟蹋。

□ 35 開始注意醫藥新聞，譬如銀杏是不是可以預防老年痴呆。

□ 36 對於年輕朋友不讓座這件事情非常介意。

□ 37 對於手機鈴聲開始感覺不耐煩。

□ 38 逛超市買東西，會注意成分與製造商和賞味期限。

□ 39 對超商的集點活動完全沒興趣。

□ 40 對路邊的NuSkin問卷部隊非常有意見。

□ 41 對詐騙集團開始產生周旋的戰鬥力。

□ 42 逐漸喜歡到傳統市場買菜。

□ 43 最討厭聽到「如果你不怎樣，就不能怎樣」這種威脅。

□ 44 再也不相信政治人物「替鄉親服務」這種屁話。

□ 45 對於百貨公司週年慶已經沒什麼衝刺的慾望了。

□ 46 報紙影劇版報導的明星大部分都不認識。

□ 47 KTV熱門點播排行榜的歌曲完全不會唱。

□ 48 當紅的偶像歌手大部分都不認識。

□ □ □ □ □ □ □ □ □ □

49 對於RAP一點好感都沒有。

50 枕頭旁邊，電腦鍵盤旁邊，出現一堆萬金油、白花油、綠油精等提神藥方。

51 看到火星文會火冒三丈。

52 看到「某某某，安安」的網路問候語會抓狂。

53 讀到「偶棉」兩字，會想要賞對方兩巴掌。

54 聽到SNG連線記者說「××正在進行一個○○的動作」會渾身不舒服。

55 經常因為一個廣告、一段台詞、一個畫面就感動到狂哭。

56 買手機的原則只有一個，就是「字．體．一．定．要．大」。

57 驚覺產品說明書為何越看越不清楚。

58 聽到新聞報導一位「三十歲婦人」在捷運手扶梯摔倒，對於「婦人」一詞非常有意見。

Part 01

015 第一次感覺老的時候
023 中年人，你的肝已經不新鮮了
029 老花，你還是來了
035 比鬆弛和細紋更在意的事
041 五十肩，果然很準時
047 大嬸味與美魔女
053 有歲了，該穿衛生褲了
059 爆睡能力衰退中
065 關於素顏這件事情
071 我的「老」症頭

Part 02

079 你打算工作到幾歲？
085 你所渴望的幸福一日
091 去他的成功人生——來過「無用的日子」吧！
095 切記！不要成為「討厭的長輩」

101 變老之後的大人並沒有比較厲害
107 老了也要很時髦
113 三十五歲開始的熟年旅行
121 阿姨當然可以喜歡 ARASHI
127 偶像們，就安心去結婚吧！

Part 03

135 五十歲，到底算不算老？
143 當醫生告訴你「定期追蹤」之後……
149 老朋友是必要的
155 上了年紀也會有些好事
163 想和媽媽牽手去散步……
169 笑忘人間的苦痛，唯有甜美
175 人生盡頭如何收尾怎麼葬
181 台灣已經是「無緣社會」的預備軍
187 「臨終活動」的積極意義
193 前進吧！好奇中年
199 第二次青春期

Part 01

第一次感覺老的時候

這傢伙明明就很年輕，為什麼看起來這麼老？

這傢伙明明這把年紀了，但為何看起來很年輕？

◆

人生第一次感覺「老」的時候，到底是幾歲？

我反覆思考這個問題，回憶和時間不斷朝著過去奔跑，越想越覺得好笑，原來，過去的自己，對於變老這件事情，那麼畏懼。但畏懼是一回事，歲月並不會因爲畏懼而站在原地不敢動，所以害怕變老的畏懼，變成毫無用處的多餘。

有一天，就讀國中的姪女剛下課，扛著書包、袋子跟便當盒，一回到家，所有東西丟在地上，整個人趴在沙發上，好像一隻癱掉的壁虎。孱弱的聲音，嘰哩咕嚕不曉得嘮叨什麼，仔細一聽，才聽清楚，才十三歲的她，竟然哀號著：「我老了，走不動了！」

一個國中生感嘆自己老了，這事情眞有意思，人啊，第一次感覺「老」的時候，到底是幾歲？

小學二年級的時候，覺得六年級的學生好老。

國中的時候，覺得同班男同學暗戀的高中部學姐，明明就很老。

大學的時候，覺得畢業之後如果不趕在二十八歲之前結婚，好像就來不及了。什麼事情來不及，也說不上來，類似青春列車就要離站，再不上車，就永遠等下去，等到廢站，連普通列車都不停靠。

三十歲開始擔心四十歲再用抗皺保濕緊緻系列保養品，會不會來不及？但爲何那系列的保養品都要用鮮豔紅色外包裝，而且價錢好貴，容量好小。

四十歲之後，想說自己看起來應該比同年齡的人還要青春吧，不斷麻醉自己是娃娃臉，不顯老，那就沒關係。

五十歲的時候，赫然發現「年近半百」原來說的就是自己，而且不是「近」，是「已經」，是完成式了……

第一次感覺「老」的時候，可能是逛百貨公司地下超市，被熟食攤位的工讀生叫「阿姨」；如果是男生，那就是去抗爭遊行時，被負責驅離的警方叫「阿伯」：「阿伯，你可以自己站起來嗎？」

第一次感覺「老」的時候，可能是在辦公室突然被新進人員稱呼「××姐」，那瞬間眞的不知道該雍容華貴表示欣慰，還是轉身去洗手間照鏡子大叫老娘根本沒有那麼老。

第一次感覺「老」的時候，可能是買衣服的時候，拿起一件格子襯衫或合身T恤時，店員猛然問：「是自己要穿的嗎？」明明沒別的意思，卻像萬箭穿心。

第一次感覺「老」的時候，是發現頭上出現一根白髮，而且第二根和第三根相繼出現的間隔越來越短，後來變成一整片。

第一次感覺「老」的時候，是對於手機不斷出現新機種感覺不耐煩；是覺得win7比win8好用，然後win10也毫不客氣來敲門了。

第一次感覺「老」的時候，是在公車或捷運被高中生讓座，驚嚇之餘，只好誇獎高中生好有禮貌，藉以掩飾年華老去鐵證如山的尷尬。

第一次感覺「老」的時候，是過去只要挑S號的衣服都沒問題，現在連XL都覺得腰好緊，大腿好繃，然後默默在心底OS，你們這些成衣廠商都只會打瘦子的版型，這還叫做專業嗎？

第一次感覺「老」的時候，是看到年輕時期喜歡的偶像明星被媒體雜誌取笑身材走山容貌崩壞，而那位偶像的年紀竟然比自己還要年輕幾歲，所以自己也走山崩壞了嗎？真不想承認。

第一次感覺「老」的時候，到底是震驚還是認命還是乾脆束手就擒啊……現在回想起來，都覺得那是一連串詼諧的黑色幽默喜劇，畢竟我也算是老到某種階段了，才有膽量氣魄跟足夠的厚臉皮，敢大方揭露這些面對青春不再的證據，同時還有辦法意識到自己已經是個「完熟的老人」，甚至覺得眼袋細紋贅肉都不必費事去處理了，那就跟定存利息一樣啊，欣然收下即可。

但好像也不是瞬間感覺變老，而是慢慢累積，譬如發現自己好像已經沒辦法從榻榻米上面的盤腿坐姿一躍而起，或是漸漸發現上下樓梯沒辦法如過往那樣蹦蹦跳跳，走路常常踢到尖物或石頭（意思就是很容易踉蹌），手拿東西會不經意掉在地上，即使是很普通輕微的口水吞嚥都會嗆到，眼睛好像很容易感覺沉重痠痛，肩膀突然就變得僵硬彷彿是鬼片裡面的殭屍……諸如此類的身體警訊，猶如電力慢慢耗損亮起閃爍紅燈，但我把類似症狀說給二十幾歲的朋友聽，他們說自己窩在沙發上面打很久的Candy Crush之後也有同樣的症狀啊！

五年前，我在網路部落格很夯的年頭，寫了一篇〈初老跡象〉，列出五十八條自我檢測題目，寫那篇文章也不單純是因爲有趣，應該還有某種程度的討拍壯膽。經過五年，重新再看自己寫的五十八條初老跡象，幾乎每個症狀都變成日常了，只要全選，打勾，就可以交卷了。

「這傢伙明明就很年輕，爲什麼看起來這麼老？」「這傢伙明明這把年紀了，但爲何看起來很年輕？」

褒與貶，刀刀見骨，無論哪一種說法，放在自己身上，好像都輕鬆不起來。以前很喜歡被稱讚年輕，現在很希望自己看起來有這個年紀必然的智慧，而不是越老越蠢。

這陣子閱讀直木賞作家櫻木紫乃的小說《玻璃蘆葦》（時報出版），書中有一段話：

「人所以會害怕，或許是因爲還有想要守護的事情，而我幾乎已沒有任何要守護與害怕的東西了。」

懂了，以前之所以怕老，是想要守護青春的外在形體，而接受「老」的種種，或多或少都已經不是負面的畏懼了，只要承認老了，關於「老」的一切表現，自然而然就變成身體的養分了吧！

閱讀是枝裕和導演的短篇隨筆《宛如走路的速度》（無限出版），提到他非常喜愛的一首短歌〈夏至將臨〉（もうすぐ夏至だ），是京都大學名譽博士，既是細胞生物學權威又是知名歌人的永田和宏寫給他那位癌症轉移、死期逐漸迫近的妻子：

一天過後
與君之時
減少一天
夏至將臨
（一日が過ぎれば
一日減つてゆく
君との時間
もうすぐ夏至だ）

來到人生下半場，該守護的，已經不只是青春外貌，而是親人摯友相聚的一天又一天。

比起這世間許多不公不義，變老，是很公平的事情，一旦這麼想，會覺得躬逢其盛，實在欣慰。所以，第一次感覺老的時候，無須懊惱，就一路往前，一路老去，越老越青春，這樣的人生，才夠意思。

中年人，你的肝已經不新鮮了

該休息的時候，該放鬆的時候，該捨棄什麼，該把握什麼，就趁著前中年期來臨時，想一想吧，畢竟，已經不是可以任性爆肝的年紀了。

◆

從幾歲開始意識到自己已經不像以往那麼耐操了呢？你的肝、膽、腸、胃、心臟、血管、自律神經、免疫系統、膝蓋關節、脊椎肩膀……什麼時候開始密集發出警訊向你抗議……不可以熬夜、不可以加班、不要把所有工作上的責任都扛在肩上……而你完全不予理會，以為自己還很年輕，睡一覺醒來，病痛就不見了，但是睡再多也無法重新設定，甚至睡不著、睡不好，那麼，還要繼續逞強下去嗎？

大概在三十歲以前，就算工作壓力再大，就算棘手的案件一次湧上來，頂多就是胃痛和偏頭痛輪流出來攪局，而同事之間最貼心的人際關係建立在各自抽屜裡的胃藥胃乳跟頭痛藥所展現的救援力，而主管最愛誇口的就是他們已經四、五十歲了，還是跟年輕人一樣勇健。

周圍多的是那種喝酒應酬只要去廁所吐一吐就恢復三成打擊率的一軍戰力，熬夜加班彷彿一場集體的器官折舊大賽，上班時間去公司附近的診所掛號看胃痛頭痛的長板凳上，還可以跟同事互相交換辦公室八卦，順便講一下老闆的壞話。然後醫生千篇一律的忠告就是換一下環境也許就痊癒了，但是醫生啊，換一下環境就找不到工作的機率更大，到時候就不只胃痛頭痛的問題而已，連下個月的帳單都繳不出來。

反反覆覆折磨下去，倘若遇到工作狂的主管，或作息日夜顛倒的上司，說好下午三點的會議，有可能到了晚上九點鐘還見不到人影；就算可以在十點鐘湊齊人數開始討論，走出大樓電梯都已經凌晨一、兩點鐘了，大樓警衛阿伯都開始偷看深夜頻道了。

覺得工作很重要，事業不能怠惰，公司少了我就不行，同事沒有我就慌亂，即使休假也要不時盯著手機看，沒有來電或來訊的時候就懷疑手機不通或網路故障。身體不舒服一定要撐到最後臨界點才肯去看醫生，排好的檢查如果跟工作時程抵觸就以工作爲先。醫生叮囑不要再喝酒不要再熬夜，可是爲了工作或應酬，那就吞了藥再上，然後自我催眠，倒楣的事情應該不會這麼剛好找上自己。

我身旁有好多這種逞強的人，明明知道健康狀況已經來到懸崖邊，咳嗽咳很久，手臂一直舉不起來，血壓好像有點高，膽固醇似乎控制不好，血糖有點破表了，可是工作比較重要，繼續撐，繼續撐，以前沒問題，現在一定也可以。

我曾經在媒體業工作一小段時間，也許是行業使然，公司主管同事多數是習慣日夜顛倒的「夜型人」，在辦公室走道相遇時，互相比賽誰的黑眼圈比較嚇人。茶水間的小冰箱有各種提神飲料與各廠牌雞精，沒人把健康當一回事，只有比較誰的文筆好，論述強，風評讚。這種爆肝的日子持續不了一年，完全沒辦法適應，只好退出戰場，畢竟，我是習慣早睡早起的晨型人啊！

持續折磨身體，持續靠逞強跟疼痛賭氣，也只有突然倒下的瞬間，才發現人生最重要的東西，原來不是工作也不是事業，而是有辦法從椅子上面從容站起來，可以用自己的手拿起杯子喝水，可以跟最愛的人擁抱，可以好好睡一覺，對任何食物都有辦法嚐到甘醇的滋味，甚至，一坐上馬桶就能夠暢快大小便……人生輕重的對應排序，這時候才有機會看明白。

回顧過去二十幾年的職場生涯，有過幾次震撼的生命教育：前一天才聽說在尾牙拚酒的廠商，深夜酒駕車禍就去了天堂；一直都很強壯的同事，突然吐血送醫就發現肝癌末期；向來在公司以暴躁脾氣走跳的主管，對業績數字與佣金斤斤計較，退休不久卻中風臥床，也只好住進安養院……

最近讀了村上龍的小說《55歲開始的Hello Life》（大田出版），其中一個短篇的主角人物，曾經是大型家具商的超級業務員，長年以來，都是倚靠那些從資深前輩身上學到的方法，親自拜訪客戶，藉由應酬款待取得顧客訂單，這樣的方法實踐多年，似乎也頗自豪。但是在股東換人，經營團隊易主之後，大量削減了應酬費用，改以行銷企劃提案爲重，於是老派業務員的生存模式徹底被摧毀，只能接受公司提出的優退方案退休。想要重新謀職，卻因爲不熟悉新的行銷工具甚至拉不下面子而四處碰壁，於是在同儕聚會的場合不免感慨，「退休又不能事先經歷，人生已經過了一半，大家才要邁向退休，而且，從來沒有這種慘澹的時代……體力越來越差，如果有下一份好工作，那就另當別論，但是存款也會越來越少，大家或許都覺得，今後不會有任何好事……那叫做希望吧，我們需要某種希望。」

而今這種市況，過了三十五歲就很難轉職，過了四十歲更成爲職場的棄兒，何況到了中年，身體已經開始走入進廠維修的階段，之所以還執意那麼拚命，可能是害怕自己在工作團隊裡面已經不再重要了，萬一缺席，就有可能被取代，一旦被取代，就再也搶不回原來的位置。但身體搞壞了，一旦倒下來，公司也不會照顧你一輩子，排隊在自己身後等著竄上來的那些新嫩又堅強的肝，哪個不是舉起手來，對著老闆吶喊「選我選我」，光是想到那畫面，就讓人直冒冷汗呢！

衡量一下自己的健康狀況，想一想不久之後的中老年歲月，想要過什麼樣的人生。該休息的時候，該放鬆的時候，該捨棄什麼，該把握什麼，就趁著前中年期來臨時，想一想吧，畢竟，已經不是可以任性爆肝的年紀了。

老花，你還是來了

◆

老花，其實不是小花的老母，而是老花眼。

不好意思，說了冷笑話。中年過後的冷笑話，有時候連自己都覺得不好笑。剎那間，沒想太多，就說出口了，把場子搞得更冷，只好乾笑一聲，捧自己的場子。

小時候，覺得老花眼應該是很久很久以後才要面對的事情。看家裡長輩把產品說明書拿得遠遠的，瞇起眼睛，不斷抱怨，字太小，像螞蟻。但明明就很清楚啊，品名、成分、製造日期、生產地，哪裡不清楚了，眞是的。

要不然就是母親縫鈕釦的時候，總是皺起眉頭，努力了好半天，最後也只能放棄，把針線遞過來。我倒是驕傲得很，不就是「穿針引線」嘛，穿過去，這麼簡單，到底有什麼困難啊，眞是的。

反正，以前的視力好到桌邊一點糖漬吸引而來的螞蟻陣都看得一清二楚，連螞蟻腳都一目了然。就算躲在燈光昏暗的廁所偷看漫畫，字體再怎麼小都不是問題。即使後來戴了近視眼鏡，遠的清楚了，近的也沒問題，老花眼啊，依然是很久很久以後的事情！

哪知光陰似箭、歲月如梭，某一天，發現自己也看不清楚產品說明書，穿針引線出現障礙，漫畫書字體怎麼小得跟螞蟻一樣，但以前明明看螞蟻也很清楚啊，果然，老花，還是來了。

老花，等同於中老年的入場門票，站在售票口，難免會抵抗，推說是眼睛太疲倦，只要用力眨幾下，或拿到光線好的地方，看吧看吧，不就清楚了，哪有老花啊！

承認老花，等同於接受老的事實，好像皮膚被針刺了一下，心頭唉一聲，不敢聲張。同齡的朋友聚會，拿出手機照片來分享，有人立刻摘下近視眼鏡，有人把手機拿得遠遠的，彼此嘲笑這窘態，已經變成固定戲碼，老花了喔！而那些還看得清楚的人，如果不是被讚美，就是立刻被挖苦，快了快了，撐不了多久。

一開始，根本沒有人敢承認自己配了老花眼鏡，漸漸地，再怎麼逞強，拿起餐廳menu點菜之前，總要拿出老花眼鏡戴上，都是時髦款式，絕對不會有兩條鍊子掛在胸前晃來晃去那種「復古款」。多數人也已經配了近視老花兩用對焦的眼鏡，還交換各自適應多焦鏡片的「心路歷程」，老花，也就變成中年聚會的熱門話題。如同年輕的時候，會互相打聽什麼牌子的隱形眼鏡藥水比較好，日拋週拋月拋還是長戴型的哪個比較划算，後來變成分享雷射手術的價錢與心得，然後就到了老花的階段，人生自此走入黃昏暮色中，呵！

視力一直很好的人反倒最早開始老花，近視眼的人以為可以多撐一下，沒想到遠的看不清楚，近的也很模糊。反正也不用擔心課堂上的黑板看不清楚，看電視經常打盹睡著，睡著的時候比清醒的時間多，模模糊糊，大概形體掌握得住，那也就沒問題了。不至於對日常生活造成不方便，就想辦法持續跟老花對抗，對抗著不去配眼鏡，這也算是中年人的彆扭吧！

唯有閱讀書本的時候，會因為近看字體出現疊影或模糊，反倒發起脾氣來。什麼編輯啊，四邊留白這麼豪邁，偏偏字級給得這般小氣，行距那樣擁擠，即使文字情節動人，卻因為堆疊糾纏，讀著讀著，讀出火氣來了。你們這些編書的人，到底是要省紙還是顧著版面設計美麗，難道不曉得現在還會閱讀紙本書的人，哪個不是老花纏身，竟然無法察覺目標消費者的苦衷，眞是的……但明明只要去配老花眼鏡就能解決了啊，傲嬌的中年人，哼！

總之，電腦螢幕的字體要大，手機螢幕字體要大，雜誌字體如果太小就不要買，喜歡的書如果字體夠大就覺得開心，覺得編輯人眞好！商品說明書只要生產地與有效期限的字體加黑放大，就覺得感恩，反正，想辦法繼續撐下去，老花眼鏡，再等等。

開始身體力行各種眼球操，即使在路邊等紅燈也不顧旁人側目，眼球轉來轉去甚至練習鬥雞眼。網路看到各種可以改善老花的配方，不管是生吞還是加水沖泡都要嚐嚐看，什麼蔬菜什麼水果什麼中藥配方，總之先拿來試試看，但最終也是不脫那種「一開始很熱中，兩、三週之後就放棄」的輪迴。其實內心清楚得很，老花，總要來的，終究要跟家裡的長輩一樣，客廳飯廳房間，到處都放一副老花眼鏡，當眞要用的時候，還是會找不到。對，沒錯，就是這樣，我們都要走到這個階段，不必掙扎了。

前幾年，日本知名小說作家吉本芭娜娜來到台北國際書展，在一場朗讀會上，只見她緩緩拿起準備好的A4紙，「不瞞各位，我有老花了，還特別把小說內容放大字體列印出來，而且，我現在要拿出老花眼鏡嘍……」

當時我站在朗讀會現場，最後一排的位置，遠遠看著吉本芭娜娜，優雅戴上老花眼鏡，朗讀著小說文字，覺得美麗極了！忍不住小小聲鼓掌，即便旁人都不知，我鼓掌的心意，其實是中年以後不畏懼老花的那份坦然啊！

我們總是這樣子，小時候希望快點長大，等到眞的長大了，又希望不要老得太快。老花原本是中年過後才要面對的命運，據說現在三十出頭就要開始煩惱了，所以，那些以爲輕熟女輕熟男的標籤好像還有點浪漫的年輕人，也要開始準備佩戴老花眼鏡了吧！

想想金城武跟林志玲很快就要戴上老花眼鏡了，何況奧斯卡頒獎典禮的舞台上，梅莉·史翠普拆開得獎信封之前也要戴上老花眼鏡，那麼，老花，你就儘管來吧！反正，我們要廝守到老，總是一輩子的事情啊，那就不必客氣了，來吧！

比鬆弛和細紋更在意的事

◆

某天前往醫院門診的公車上，瞥見後座兩位年輕美眉，即使車況顛簸，仍然利用短暫的紅燈空檔，拿著小鏡子，修眉毛，刷睫毛膏，抹粉，塗腮紅……她們談論著眼尾猶如髮絲一般不顯眼的細紋，說著害怕自己老了，可能身上什麼地方會開始鬆弛下垂……從她們對談的口氣語調研判，可能在二十歲上下，至多不會超過二十四歲。

那天有冬日難得的大豔陽，正午氣溫應該接近攝氏三十度，異常悶熱。我在醫院站牌下車時，看著遠去的公車，想起那兩位仍在青春熱區的美少女，卻開始擔憂細紋與鬆弛，那或許是多餘的操心，看起來卻是光芒萬丈一般無敵。在她們那樣的年紀，可以因爲眉毛睫毛或ＢＢ霜品牌與防曬乳係數煩惱，在我這中年世代看來，簡直是奢侈到極點的幸福。

隨後走在醫院長廊，擦身而過那些吊著點滴、坐著輪椅的病患，還有一手被外籍看護攙扶著，一手拿著藥袋的長輩們。掛號批價領藥的櫃檯，猶如銀行辦手續那般的流程，處理著生老病痛的ＳＯＰ……

候診室外頭，等著燈號亮起的眼神，對比於這時間前後，各家百貨公司週年慶搶購限量商品的殺氣，人生的諸多酸甜滋味，在路過此處的剎那間，出現微妙的黃金交叉。

畢竟大家都經歷過啊，小腹贅肉開始困擾著每餐吸收的熱量卡路里，緊盯著體重計指針，一旦稍微右傾幾個刻度就開始唉唉叫的那種日子。爾後因爲身體某些指數變成身心負擔，甚至開始胡思亂想之後，漸漸悟出一種道理，健康就好，胖一點無所謂，頂多買衣服的時候，從M修正到L即可，反正價錢一樣。

某次等待門診時，診間護士突然跑出來，靠到我耳邊，小聲說：「不好意思，妳的前一號病患，可能要花比較長的時間，狀況不是太好，醫生需要詳細解釋……」護士頻頻道歉，我說沒關係……當然沒關係，可是剎那間，想起許多事情來。

我們最終都要面對衰老與病痛，有人年輕的時候就衰老，有人年老之後依然勇健，年齡只是參考條件之一，機率是均等的，只是衰老病痛到來的時間點，無法預測。

一開始，去藥妝店挑選開架彩妝，纖長效果的睫毛膏還不夠，起碼要加購濃密跟捲翹各一款，如果是保養品就要控油保濕美白；然後過了某個年紀就只能鎖定緊緻系列，最好是撫平眼袋鬆弛細紋all in one，按時塗塗抹抹，那些鬆弛細紋睡一覺醒來就不見。漸漸地，開始買染髮劑和痠痛貼布與提神的薄荷玉；又過幾年，會注意葉黃素有沒有打折，葡萄糖胺到底對膝蓋有沒有效，銀杏是否對預防老年失智有幫助……

以前買衣服重視流行元素，現在只要穿起來舒服，好洗，不容易皺，不退流行，那就沒問題。

以前挑鞋要時尚款，現在只要好穿、好走，不會引起腳底筋膜炎，不會刮傷皮膚，不至於扭傷腳，就是好鞋。

以前若是腰圍手臂小腿多了幾分肉就覺得活不下去，現在只要健檢數字很漂亮，就算是身材走樣也無所謂。

根本不是放任外表邋遢，而是人生在意的重點已經翻到下一頁，與其在乎美麗帥氣的外貌，更加介意誰誰還很年輕就在心臟安裝了支架，誰誰誰不到四十歲當上總裁卻突然走了。比起hold住青春外貌或美魔女的身材，有辦法每天排便順暢，每晚一覺到天亮，才是讓人感覺巨大幸福的恩惠。

近日閱讀日本知名料理研究家栗原晴美的隨筆文集《很多很多幸福的事》（時報出版），書中有篇短文提到她從年輕的時候就不太重視化妝，因為塗了口紅怕嚐不到食物精準的味道，拿菜刀的手也不適合指甲油，可是卻很重視刷背跟保養腳後跟。有人問她，平常沒人會注意到的地方，爲什麼要大費周章保養？栗原老師的回答是：「不知道爲什麼，總覺得萬一遇到意外或突然生病送醫時，如果腳底或背部髒兮兮，身爲女人還挺難爲情的，與其使用昂貴化妝品或是去流行的美容沙龍，努力不懈持續以個人習慣保養似乎更適合我。」

因此她每天會用伸縮毛巾仔細刷背，爲了避免腳後跟皸裂乾澀，必須每天泡腳軟化角質，用銼刀磨皮，加上乳液按摩，她戲稱這是「個人的美學」。

讀到這段，想到自己也很喜歡保養腳後跟，至於刷背，今晚就開始吧！

我也是個不愛化妝的人，也許到了跟栗原老師一樣的六十五歲時，應該會很介意突然送醫時，腳後跟是不是皸裂乾澀吧！

然而，那些年輕時候害怕的鬆弛和細紋，跨越某個年齡界線之後，儼然是擔心也無用的瞎忙，手頭寬一點的就去打玻尿酸或各種形態價位的拉皮微整型，但是天地運行的自然衰老力量，比起人工補強的手段，還是比較強悍，那是不可逆的規則。

反正，已經不在意什麼鬆弛和細紋了，那些都是必須跟自己和平共處、一同老去的必然，與其擔心青春不再，我更在乎身體健康啊……等你老了，你就懂了。

五十肩，果然很準時

直到某天，左手臂完全舉不起來，必須靠右手輔助才能就定位，夜裡睡著，也會突然因為左肩疼痛而醒來，果然，傳說中的五十肩，找上門了。

◆

「五十肩又稱冰凍肩，是肩部軟組織及關節囊腔等受損之通稱，較易發生於五十歲左右的人。」

在網路Google到榮總復健醫學部這段話的時候，眞是打了一下哆嗦，果然，五十肩，很準時啊，五十歲前後，就眞的開始嗡嗡嗡，上工了！

年輕的時候，看長輩們一天到晚喊這裡痛那裡痛，一下子膝蓋痠，一下子手臂舉不起來，脖子硬邦邦，背痛腰痛，肩膀像扛了好幾公斤重的沙袋……每個人的疼痛史都有一段辛酸淚。

倘若知道哪裡的推拿有效，哪家復健科很神，就會呼朋引伴，集體去掛號，即使在交通不便的偏遠鄉鎭有個推拿師很厲害，透過口耳相傳，沒有健保也可以，排隊等推拿，現金付費，還要拿回神祕配方的藥膏貼布當成寶。總之，不管哪裡痛哪裡痠，一旦跟朋友提起，大家都有很厲害的推拿口袋名單可以分享。

以前常去的中醫診所還附設推拿按摩，一樓是藥局跟中醫師診間加上針灸的治療床，二樓則是兩位推拿師坐鎮，先是熱敷，再來是手勁很厲害的推拿，還可以提供拔罐或刮痧的服務。只要一張健保卡，一次掛號，頂多加幾十塊錢的部分負擔，可以找中醫師拿藥，也可以接受專業推拿。這附近很多銀髮長輩，都把中醫診所推拿當作平日保養，聽那些爺爺奶奶說，反正上了年紀，身體總有一、兩個地方不對勁，可以花點小錢「抓抓」，還挺「舒坦」的。

後來中醫診所禁止另聘師傅推拿，手勁很厲害的推拿師只好另外開業，以前拿健保卡「抓抓」保養的患者也不上門了，中醫診所生意一落千丈，最後撐不下去，關門了。

三十五歲過後，我大概都是因爲過度使用電腦導致類似網球肘的症狀，或是手掌痠痛，肩膀僵硬，或腳底筋膜炎，不明原因的腳趾痠麻等等問題，求助復健科或中醫診所。不管是針灸、蒸氣熱敷、還是推拿都試過，使用過的痠痛貼布累積起來大概也能繞台北盆地一圈了吧，最後竟然是靠每天晚上認眞拉筋，每週盡量花三到五天去公園slow jogging，才慢慢改善狀況。不過，還是覺得那些困擾長輩的膝蓋痠痛或手臂舉不起來的「症頭」，短時間內，應該不會來糾纏。

沒想到，跨年煙火一直來一直來，然後，我就變成「長輩」了。

一開始發現不對勁，應該是某次趴在地上，伸手到櫃子底下拔插頭時，左肩膀突然一陣抽痛，好像短暫被電擊，使不上力，以爲是姿勢不良，扭到了，因爲還不至於造成困擾，就不以爲意。

後來發現高舉左手臂，或某些角度的移動時，會突然失去力氣，譬如擦拭魚缸玻璃，穿脫衣服，拉背後的拉鍊，某個角度某種力道就會惹來一陣麻。照例是靠痠痛貼布抵擋一陣子，直到某天，左手臂完全舉不起來，必須靠右手輔助才能就定位，夜裡睡著，也會突然因爲左肩疼痛而醒來，果然，傳說中的五十肩，找上門了。

翻閱拉筋的專門書，開始自我復健，拉開緊繃的組織，眞的很痛。只好咬牙，起碼維持不動數到二十，漸漸再加碼數到五十，度過拉筋的疼痛之後，會覺得肩膀剎那間鬆開來，狀況慢慢改善。

以前上網找YouTube做運動，大概都是減肥塑身燃燒脂肪的體操影片，現在則是尋找預防肩頸僵硬的拉筋操，邊看邊做，或走路等紅綠燈的時候，除了眼球操，也開始做五十肩復健。坐在電腦螢幕前方敲打鍵盤時，也利用短暫幾分鐘的空檔，將左手臂伸到背後，盡量碰到右側肩胛骨的位置，這也是榮總復健醫學部的網頁學來的。

五十肩，果然很準時啊，說好的五十歲前後，當眞就出現了，沒在客氣的。

畢竟，電器用久了也會故障，電腦如果能夠撐過四年就眞的好棒棒，有些手機甚至兩年不到就GG了，那麼，身體用久了，總會鏽蝕，不靈光，需要上點油，補個丁，所以，類似五十肩或膝蓋痠疼，大概就是保固期即將屆滿的溫柔警示吧！

以前看王滿嬌阿姨的廣告，說她因爲吃了什麼大補丸，爬山不是問題，腳骨多麼勇健，不也都是一邊看廣告一邊呵欠，覺得那種事情應該跟自己沒關係，沒想到現在去藥妝店，想要挑個彩妝或保養品，年輕的店員美眉冷不防就在背後放箭，「葡萄糖胺買一送一喔」「痠痛貼布第二件五折喔」，雖然忍住不回頭，但額頭總也是出現三條線啊，應該學小丸子爺爺也來一首感嘆青春不再的俳句嗎？

如果按照網路世代與手機低頭族種種折騰筋骨的速度發展下去，任何僵硬痠痛問題，很有可能年齡下修，復健科或推拿按摩的「目標客層」將不再只是熟齡長輩限定。不過長輩們復健時，頂多發呆，年輕世代倒是可以左手復健，右手滑手機，那才是厲害。

總而言之，五十肩，說好的五十歲前後，那就眞的沒在爽約的，其他各種痠痛問題也多少都會上身，至於未來是不是會加速馬力，變成四十肩或三十肩呢？可不要覺得公園裡面甩手功的老人們距離自己很遠，很快，自己也可以加入甩手的行列了。

大嬸味・與美魔女

◆

大阪出身，目前擔任吉本新喜劇座長之一的搞笑藝人小籔千豊，前些日子在北野武主持的節目中，面對「美魔女軍團」，發表他個人對於「美魔女」的犀利看法。發言內容上了日本YAHOO頭條，也在網路引起極大的話題和討論。

「美魔女」一詞源自於「光文社」在二〇〇九年發行的女性時尚雜誌《美STORY》其中一個單元，後來漸漸用來定義那些從外表完全看不出眞實年齡的三十五歲以上女性，彷彿被老天施展了魔法一般，歲月凍結，統稱爲「凍齡」。從二〇一〇年開始，由該雜誌舉辦的「國民的美魔女選拔」，每年吸引兩千多人報名，至今舉辦了五屆，總共產生九十六位經由比賽認證的「國民的美魔女」。

原本主辦單位的用意在於提醒女性即使過了三十五歲，也應該注重保養，可是美魔女現象卻在社會上引起兩極意見，譬如小籔千豊就強烈批判，「對於美魔女過於吹捧的國家，看不到未來……」

小籔千豊認爲，被選出來的美魔女代表，根本不是「一般人」。絕大多數三十五歲以上的婦女，只要走入家庭，好像就被世間隔離了，就算發現白頭髮，想到小孩的補習費還沒著落，花錢染髮的慾望就只好壓抑下來。何況被選爲美魔女的女性，多數是模特兒出身，定期到美容沙龍保養，或根本是有錢人家的貴婦名媛，投資在外表體態的資本相當雄厚。雖然追求美的事物是理所當然的事情，但是太超過的話，我們的孫子，甚至孫子的孫子，全都執著於追求外表身材的美，一味羨慕有錢人的太太，想到這些，就覺得不安。

小籔千豊雖是搞笑藝人，發表這段言論時，可是非常認眞嚴肅的啊！

每個人都希望自己看起來比實際年齡還要小，如果四十幾歲看起來像二十八，如果五十幾歲看起來像三十五，誰不想啊！

但是年紀到了，就自然會老，有時候也不是年齡的關係，而是生活壓力和健康問題。如果有錢有閒，可以常常去沙龍做臉按摩，去髮廊做頭髮，去健身房運動，去塑身抽脂，哪裡不滿意就花錢去微整型，外觀當然可以持續保鮮，但內裝零件該衰退的還是免不了。

許多名人被問到保養祕方時，都呵呵笑說，也沒什麼啦，多喝水啊，多睡覺啊，只用清水洗臉啦……這種說詞，聽聽就好，千萬別認眞，認眞就輸了。

我可以體會小籔千豊對於美魔女風潮的焦慮不安，雖然，我也很喜歡聽別人說：「妳看起來一點都不像幾歲的人」「眞是凍齡啊」「看不到歲月痕跡啦」……這些都是世紀大迷湯，讚美的人可能出自眞心，也可能是場面話，高興一下就好。

台灣也很愛吹捧美魔女，尤其媒體，特別是娛樂版面。最好公眾人物都是紙片人，沒有贅肉，身材不能走山，臉皮一定要緊繃，下巴稍微有肉就說那是大崩壞，小腹一旦出現就是「大嬸味」。

對「老」與「胖」和「醜」的歧視，表現在「走山」「崩壞」「飄大嬸味」的用詞，藉由標題來鞭策公眾人物「必須替自己外表負責」。好像年紀大了就不能出來見人，身材走樣就對不起大家，明明很多人都去整型，整型是爲了看起來年輕漂亮，可是一旦被發現變年輕變漂亮了，卻又打死不承認去動過什麼手腳。

對於「美魔女」或「永遠的二十五歲」過於吹捧崇拜的結果，「醫美診所」變得好熱門，願意留在傳統醫界替孕婦接生、替重症開刀、在門診燃燒生命、偶爾還要因爲醫療糾紛被揍被告的醫生將越來越少也越來越老。據說做一次超音波檢查可以得到的健保補助，還比不上美容沙龍做臉按摩和知名髮廊任何一次的「洗剪燙染護」。

醫美雖然很好賺，但「內、外、婦、兒、急診」五科皆空的人力短缺才是問題，或許到了孫子的孫子那個時候的台灣，要自費做拉皮抽脂手術有很多診所醫師可以選擇，可是緊急狀況要開刀，可能找不到醫生進手術房，想到這些，我也跟小籔千豊一樣，開始感覺不安了。

每個女人都不想成爲大嬸，可是生命之中總有許多比擔憂自己變老變胖還要重要的事情，不是每個女人都有金錢或時間「替自己的外表負責」，譬如，努力工作、四處兼職、還要張羅生活大小瑣事，只爲了讓孩子安心成長的單親媽媽；譬如，三十五歲或四十歲過後，是太太還是媽媽同時也是媳婦跟女兒，上班時間還要被要求是CP值破表的超人，要配合加班不得有怨言，要記得打扮不可以太邋遢，否則有什麼閃失就被罵是「死老太婆」「沒水準的歐巴桑」……即使單身沒有小孩，也還是父母的女兒，是職場的工作者，努力把家人跟自己照顧好一點都不輕鬆啊！

滄桑與壓力加深皺紋的深度，身材走樣不是對自己外貌不負責，因爲在乎的事情已經不是美麗青春，而是更深刻的人生責任。

我自己也喜歡被稱讚是美魔女，可是站在小學門口，看到那些騎著機車的媽媽們，一前一後緊貼著兩個抱緊緊的小孩，小孩身上又掛著書包袋子，她們臉上沒有精緻的妝，穿著也普通，送完小孩之後，她們還要趕著去工作。每每看著機車駛離的背影，會覺得這人世間有這麼盡心盡力的女人們，犧牲自己追求青春美麗的各種手段與花費，三頭六臂什麼事情都擔下來，這些女人，才是美魔女。

生活、小孩、家庭、工作，樣樣吃力，如果有喘息的空間，只想要好好躺在床上當一天廢物的女人啊，媒體歌頌的美魔女是遙遠的江湖，是不同聯盟的賽事，在普通人的世界裡，只要盡力，就算飄出大嬸味，不行嗎？有什麼意見？

等到有一天，完全不在乎外表看起來到底幾歲，那才是眞的凍齡了。

有歲了，該穿衛生褲了

穿衛生衣算投降一半，如果連衛生褲都穿了，就完敗了，就只能正式跟青春揮手說再見，進入中老年的畏寒歲月。

◆

寒流來襲的日子，臉書動態訊息出現吾友「工頭堅」一段話：

「有歲了，該穿衛生褲就要穿……」

坐在電腦螢幕前方，忍不住噗嗤一笑，這是歲月美好的冬日，最激勵人心的一段話。猶在三十五歲與四十五歲之間掙扎逞強的輕度熟男熟女似乎撇頭拂袖而去，什麼衛生褲，死都不肯穿上；至於四十五以上，已然熟透的大叔阿嬸們，默默離開座位，拉開衣櫥抽屜，沒錯，有歲了，天冷了，雙腳冷吱吱，找一條暖呼呼的衛生褲來穿，不要跟大自然的人生法則過不去，何況，衛生褲早就不是衛生褲的老派了，千萬不要逞強啊！

每個人的嬰兒期，誰不是被母親裹成肉粽一樣，紗布衣、衛生衣、衛生褲，加上毛衣、小棉襖，層層包裹起來，夜裡睡覺怕踢被，還要在肚子圍一圈厚厚的保暖肚兜。等到上小學了，冬天稍有寒意，也不管氣象報告究竟攝氏幾度，阿母或阿嬤說冷就是冷，不得頂嘴，非得在制服裡面硬塞衛生衣衛生褲不可。同學之間很愛嘲笑那一截不小心從制服衣袖或褲管露出來的衛生衣褲，特別是「肉色」，深一點的肉色被笑是阿公，淺一點的肉色被笑是阿嬤。到了高年級，一旦被強迫穿上衛生衣衛生褲，簡直羞得要死，好不容易爭取到白色衛生衣衛生褲，已經覺得夠潮了，沒料到阿母在菜市場賣舶來品的攤子發現毛料衛生衣褲，驚爲天人，直說那厚度才夠保暖，但是那衛生衣褲的顏色接近「土狗黃」，穿去上學，簡直崩潰。

中學以後，每到冬天，爲了冷不冷，該不該穿衛生衣褲，出門之前，總要展開一場又一場的親子對決。或許是青春如火，動不動就捲起袖子，捲袖子是必殺技，每次都有辦法在五秒之內激怒長輩。以那個年紀的暴走叛逆程度，看著長輩們在冬日穿著肉色的衛生衣褲，在家裡當成家居服，直覺不可思議，有這麼冷嗎？

父親屬於怕冷的過瘦體質，冬天一向都要穿整套衛生衣褲，只有薄與厚的區別而已。最高保暖等級的，是當時還未開放觀光的戒嚴時期，由舶來品店帶進來的那種極爲罕見的日本毛料衛生衣褲，整套，緊身，偏厚，比肉色還要深一點的色澤，如果再多一根尾巴，就是卡通人物「頑皮豹」剛去海灘曬成小麥色的樣子。

父親下班之後返家第一件事情，就是換掉西裝與襯衫，屋內較暖，他穿著毛料衛生衣褲，外面披著直條紋睡衣褲，就那樣裝扮，吃晚餐，看八點檔連續劇。短暫換衣的空檔，著一身肉色毛料衛生衣褲，平日嚴肅的父親，突然哼起頑皮豹配樂，學頑皮豹走路，總能逗得我們這些小屁孩放聲大笑，那是兒時很稀奇的記憶，畢竟父親是生於日本時代的人啊，偶爾耍寶，彌足珍貴。

我自己也屬於手腳冰冷的體質，倒是在淡水讀書那幾年，對於濕冷冬天的忍耐度竟是出奇地頑強，冬天幾乎沒穿過衛生褲，就連外套都不是太厚。直到東京讀書那年，才在新宿東口的丸井百貨，買了長大之後的第一件短大衣。後來有十幾年在企業體上班的時候，辦公室屬於密閉空間，夏天雖有空調，但冬天悶得很，氧氣不足，每到下午，就容易因爲缺氧而昏昏欲睡，那個時期最常添購的衣服是短袖毛衣，露出兩隻手臂好像炫耀自己不怕冷。冬天也穿超級短裙，反正各種丹尼數的黑色褲襪很流行，頂多加件長版厚外套，上下班步行擋一下寒意就好。那時還未有捷運，一上公車也是缺氧，起站到站，另一段天荒地老。那時還在青春如火的下半場，根本沒想過人生會走到衛生褲的這一步。

有能力和低溫正面對決的日子，終究跟美麗青春小鳥一樣，「別地那悠悠的」，一去不回來了。穿著長褲，總覺得從腳底直接竄上來的寒意像無數小針，緩緩凍結成CAS冷凍肉品，已經不是哆嗦那種等級了，雙腳都成冰柱了。

可是，穿衛生衣算投降一半，如果連衛生褲都穿了，就完敗了，就只能正式跟青春揮手說再見，進入中老年的畏寒歲月。

還好，這年頭啊，早就不流行那種毛料肉色的衛生衣褲了，衛生衣褲跟電影《總舖師》裡面的米粉一樣，也「走出自己的路」，現在叫做發熱衣、發熱褲、保暖衣、保暖褲，是科技產品，講究輕與薄，不但各種顏色兼具，橫條紋、點點、小碎花等設計款都齊全，內搭能力超強，就算袖口跟褲管露出一小截，也完全沒有自卑和羞愧的問題，因爲那叫做「多層次穿搭」。時尚界總算注意到衛生衣褲的苦衷了，就算大叔阿嬸穿著緊身衛生褲，也已經是冬季潮流的一部分了。

這幾年，我也步上當年的自己所害怕變成的「長輩」那樣，開始研究各種衛生衣褲的材質、設計與保暖功能，至於，古老的年代，爲什麼稱這種保暖的內著衣物爲「衛生衣」「衛生褲」呢？因爲穿在外衣裡面，所以比較「衛生」嗎？眞是個謎啊！

開始穿衛生褲，代表青春那把火已然熄滅，從此之後，只會越來越怕冷。有歲了，該穿衛生褲的日子，就別逞強，反正，衛生褲也走出自己的路了，管他將來有什麼其他更時髦的新名稱都一樣，老來相依為命，就靠它了。

把衛生褲穿出時髦潮流與經典，才是優雅跟寒冬對決的大叔阿嬸啊！

爆睡能力衰退中

我半夜起來上廁所，就很難再睡。以前年輕還可以爆睡到中午，現在完全不行了。
我 Hold 不住！明明關鍵 15 分鐘的推理，我睡著了，凶手到底是誰啊？

◆

若要說，人變老之後注定會衰退的能力，還眞是「不勝枚舉」。所謂「衰退」，並不是一瞬間消失，而是緩緩侵蝕。歲月像個每天都來竊取零點五五釐米的勤勞小偷，等到發現時，就已經失去百分之九十九的戰力了，譬如，爆睡能力，就是這樣。

嬰兒期當然不用說，想睡的時候，哭哭啼啼唉唉叫，一下子，眼神渙散迷離，「一、二、三」，睡著了。長大之後，最好睡的時段是「上課中」，趴在教室課桌也能作夢好幾回，上課打瞌睡的睡眠品質好得不得了。至於假日睡到中午更是一路順暢，醒來吃點東西，還可以繼續睡到太陽下山。有時候醒來純粹是因爲睡太久，腰很痠，起來走動走動，「休息一下」，活動筋骨，再躺下去，立刻睡著，毫無問題。

爆睡能力之所以如此強大，完全是因爲熬夜的工夫也很厲害。一晚沒睡，或連續幾天熬夜，只要靠放假日的爆睡就能加倍奉還。生理時鐘隨心所欲，熬夜時段神采奕奕，補眠時間也睡得徹底，這是年輕的身體自然能力，不管多少心事挫折，爆睡之後，重新reset。

爆睡之後醒來，總要花點時間，才能把人生與日常重新歸位到身體的每個部位。我是誰……目前幾歲……這房間跟床，是自己家裡還是學校宿舍……吃過飯了嗎……好像兩天沒洗澡了……現在到底是星期六晚上還是星期天傍晚……星期一要交的報告，到底寫了沒……

總之，人生前半段，就是在反覆的熬夜與補眠爆睡之中，漸漸喪失青春肉體的本錢，即使感覺蒼老的蛛絲馬跡緩緩浮現卻逞強不肯屈就，驀然回首才發現，熬夜的工夫跟爆睡的能力，雙雙攜手，已然遠去，連再見都懶得說，已經來到港邊，隨時都可以搭船離開了。

沒辦法熬夜了，頂多撐到凌晨一、兩點，就算酒很甘醇，話題很酣，還是要「斷捨離」。熬夜看世足賽的時候，下半場甚至PK戰只能等待隔天媒體的體育版來收尾。就算調好鬧鐘半夜起床想要看陳偉殷先發，撐不到五局就被睡神KO，跟先發投手投滿五局才有勝投資格的續航力，完全不能比。但回想幾年前看洋基比賽，明明可以看到王建民之後的守護神李維拉收尾，那時候的氣魄到底跑哪裡去了？

就算勉強熬夜，翌日想要來個爆睡補眠也不盡人意，很難睡過中午，頂多九點之前就醒來，十點算極限。以前午睡可以睡到萬家燈火，現在睡個十五分鐘好像去了天涯海角，眞是淒涼。

爆睡能力衰退中，但是隨時想睡的症頭卻附體了。

吃完飯，眼皮就撐不住，好想靠個地方睡一下，所謂「睡一下」，就是打盹，「瞇一下」，幾分鐘就好。

晚飯過後，如果剛好躺在沙發上，抱枕墊著，身體斜斜的，冬天蓋著毯子，夏天披一條毛巾被，不管是八點檔本土劇還是新聞台名嘴戰來戰去，總而言之，時間磁場與生理狀態完全契合，自然睡去，自然醒來，人到中老年最隨心所欲的幸福，就是晚餐過後的「睏電視時光」。

當然，「睏電視」的時段因人而異，也因季節氣溫和電視節目無聊的程度而有所改變，但也有那種節目明明很精采，卻抵不過眼皮往下壓的力道，譬如我所鍾愛的日劇每到結局前的十五分鐘，進入推理解謎的關鍵時刻，再怎麼努力keep住，往往那關鍵十五分鐘，就不曉得睡到哪裡去了，醒來已是片尾曲和明日預告，天啊，凶手到底是誰？案子怎麼破的？悲劇啊～！

另一種跟隨爆睡能力衰退而出現的夜間行爲，則是莫名在半夜醒來之後，就睡不著了。當然也有因爲被蚊子在耳邊嗡嗡嗡騷擾而醒來的例子，或是突然意識到尿急，就算天氣很冷被窩很暖，總要一鼓作氣從床舖彈起來，跟蚊子生悶氣再想辦法殲滅之，或上完廁所順便又喝一口水，站在黑暗的屋子裡，睡意全無，好像隨時都可以出門幹活似的。

既然醒過來了，短時間內，翻來覆去，數羊都數到羊隻暴動了，仍然睡不著，那就開燈讀小說，要不然看電影台重播一千次的周星馳，或拿著除塵拖把將地板的頭髮灰塵都清過一遍，明知道玩Candy Crush會越玩越亢奮，但是忍不住還是殺個幾盤……

可以一覺到天亮當然最好，也不曉得怎麼回事，突然就出現固定凌晨幾點鐘自動醒來的症狀。睡眠被裁成碎片，睡睡醒醒，一邊憂心天快亮了竟然無睡意，最後到底怎麼睡著的，也完全不清楚。當眞要熬夜看球賽，卻又睏得要死，人生無法隨心所欲的難處，總算是理解了。

半夜醒來的症狀持續幾天，總會進入自體療癒的SOP。某日清晨醒來，發現一夜好眠，多麼感人，瞬間就有了世間沒什麼好計較，只求一夜到天亮，才是人生的美好境界啊！

爆睡能力衰退已經是歲月不可逆的了，就算如何懶散，就算前一晚如何遲睡，或半夜醒來挖空了睡眠的完整性，想要爆睡到正午，完全沒辦法。明明心理狀態不斷說服生理機能，繼續睡繼續睡沒關係，已經請好假了，或根本是週休二日不用擔心，可是醒來發現時鐘指著八點半，或是天微亮的六點鐘前後，終於理解，爆睡已不可能。以前聽長輩說，年紀大了，「坐著就睡著，躺著就醒來」，還覺得這是開玩笑吧，自己絕對不會走到這一步。沒想到，歲月慢慢攤牌，坐在沙發睡得很沉，一躺到床上就睡不著的下一關模式已經開啓，那就不要再勉強自己了，認命吧！

關於素顏這件事情

不曉得是自信的關係，還是勇敢了，或者因為老了，自己開心即可，想化妝的時候就化妝，不想化妝的時候，就算素顏，也沒再怕的了。

◆

小時候，母親忙完一家人的早餐，前去菜市場之前，會很仔細洗臉，化妝，換上外出服，一手撐著陽傘，一手拎著竹編菜籃出門。每天早晨的化妝與換裝，是她相當執著的儀式，直到晚間忙完一整天家事，沐浴之前，都不會換裝，也不會卸妝。

我很喜歡拉開母親房內的梳妝檯抽屜，扭轉那些不同外觀色澤的唇膏，研究眉筆跟雄獅色筆有什麼不同。曾經不小心打翻母親的粉盒，也拿粉條幫弟弟畫妖怪臉，總之，那個抽屜充滿女孩的好奇與女人的祕密。

我的化妝初體驗，應該是幼稚園或小學遊藝會之類的上台表演，或是親戚長輩結婚當花童。不知爲何，那些照片看起來都有極大的衝突感，好像掛了面具在脖子上，非常不自然，表情也很無奈。我印象中的台南廟會藝閣遊街，都是畫著如歌仔戲角色那般的濃妝、穿著古裝打扮的小孩坐在車上的高腳椅，可能是天氣熱，又累又睏，畫了妝的小孩們，表情都很茫然。藝閣遊街的印象太深刻了，因此對於表演或花童場合必須被大人抓去化妝這件事情，也就很抵抗。

我成長在戒嚴年代，青春正好的中學那六年，被迫剪著齊耳短髮，又不能修劉海，而且按照規定要別上黑色髮夾，僅僅爲著耳下幾公分或偷剪劉海這種事情跟教官槓上，都自以爲是青春無敵的勇氣。總之是那種後腦袋露出西瓜皮的蠢模樣，讓自己看起來比較漂亮的手段其實很匱乏，偷偷塗抹淺粉色口紅，已經是相當程度的叛逆跟冒險了。

即使到了大學，大概也只有參加舞會才會塗一層淡色口紅，化妝技巧趨近零。爲了表演或比賽上台，通常是由時髦的文學院學姐幫忙上妝，平常不化妝的女生，突然一臉舞台濃妝，感覺好彆扭。

大學畢業，開始謀職面試，聽從前輩建議，大概都會畫上淡妝。但是一經錄取，開始苦命的上班歲月之後，頂多塗口紅，那種費工費時的全臉彩妝，也就免了。偶爾興致一來，或當日突然早起，就從隔離霜打底開始認眞起來，同事看了難免偷偷問，發生什麼事情了嗎？

總之，二十幾歲的年紀，膚質好，無黑眼圈也無鬆弛皺紋，只要塗上當季流行的口紅好像就很無敵了。素顏上班素顏出門，沒什麼特別的，反倒是化妝出門，好像企圖掩飾什麼，久而久之，就算了，不太在意。

去了日本旅行、出差，後來還住了一年，才發現化妝與素顏，對日本女人來說，是很介意的大事情，坊間的化妝相關雜誌書籍更是多到必須專區處理才行。學校的女同學們也幾乎都畫好妝才敢出門上課，韓國女生尤其厲害，化妝技術很強，妝前妝後判若兩人，在學校碰面跟在宿舍浴室走道看到的臉孔，確實要花點時間才有辦法聯想在一起。經過那輪震撼教育，大抵有種「女人化妝是禮貌」的壓力，跟熟人聚會碰面的場合，一定要化妝，不敢素顏。

但是上妝卸妝還是要花工夫，僅僅出門買個菜，或去街角便利商店買東西，當然是素顏。如果去遠一點的地方，盤算那天應該遇不到熟人，牙一咬，那就素顏出門吧，當眞遇到認識的人，就硬著頭皮打招呼也沒關係。大致還是自我安慰，期許有妝沒妝應該不會差太多，素顏不至於太嚇人，阿彌陀佛。

時代不斷改變，髮禁解除之後，年輕女孩化妝的意願跟技巧也跟著大解放，大學女生化妝成爲課堂主流，尤其著重眼妝，假睫毛裝兩副，如雨刷那般綿密，又像隆美窗簾那般不透光，每個人都好像大眼洋娃娃。

彩妝產品也不斷演進，「看不出來有化妝」的裸妝手法開始冒出來，不但有BB霜還有CC霜，敢素顏出門變成勇氣的一種形式，妝前妝後對照表也可以做成報紙雜誌專題與節目單元。名女人萬一素顏被偷拍，標題大概就是「劣化」「崩壞」「走山」「路人」「大嬸」這幾個詞彙擇一，很悽慘。

前陣子在一個台日作家對談場合，與談者提到他的日本女性友人很羡慕台灣女人「擁有不化妝的自由」，這讓我想起日劇《糸子的洋裝店》有一幕情節，晚年的糸子昏迷住院時，已經是世界知名時尚設計師的三個女兒在病房內打地舖，看到對方睡前卸妝的樣子，顧不得仍在昏迷的母親，姊妹就這樣子互相嘲笑彼此素顏的醜態。果然，素顏對於日本女人來說，眞是挑戰啊！

日劇或漫畫也多有類似情節，第一次素顏面對心愛的情人，「哦，原來妳長這樣啊」「素顏……嗯，也很好看啦」「完全變成另一個人呢」……甚至在東野圭吾的暢銷小說《新參者》之中也有一段情節，一位命案現場第一發現者，因爲心情不佳，無心化妝，因此婉拒日本橋署加賀恭一郎警官的突然造訪，理由是，「素顏不想見人」。

到底在什麼人面前可以大膽素顏？在什麼人面前又非得化妝不可？能夠放心在他人面

前素顏是否代表關係已經進入可以安心的層次呢？如果素顏的時候也被誇獎「萌」「清純」「膚質好」「彷彿高中生」，那就是最高境界了吧！

年輕時，很介意自己被看見的時候到底美不美；年紀大一點之後，因爲在意健康的層面多了一些，也就覺得素顏沒關係。不曉得是自信的關係，還是勇敢了，或者是因爲老了，自己開心即可，想化妝的時候就化妝，不想化妝的時候，就算素顏，也沒在怕的了。

我的「老」症頭

以前不會做的事情，現在很堅持，或以前陷入掙扎或不滿的事情，現在終於看開了，是所謂「老了才出現的症頭」。

◆

一般對「老症頭」的定義，應該是形容那些長年困擾的病痛，譬如肩頸痠痛啦、蹲下去站起來的膝蓋無力啦、冷風一吹就偏頭痛啦、或牙齒敏感的冷熱酸疼感，等等。不過我想要談的「老」症頭，是跟隨年紀大之後陸續出現的症狀，不是什麼身體上的病痛，而是習慣與觀念的改變，甚至付諸實際的行動，也就是說，以前不會做的事情，現在很堅持，或以前陷入掙扎或不滿的事情，現在終於看開了，是所謂「老了才出現的症頭」。

以前很討厭碎花或大紅或粉嫩的顏色，老了之後，反而覺得不錯。當然年輕時候喜歡的格子、條紋或點點的花色，現在還是很愛。

以前認為自己終其一生應該不會喜歡玉鐲子這種老派且「不方便」的飾品，可是到了四十歲前後竟然開始轉性，喜歡觀察玉鐲子，甚至買來戴上就沒有摘下來過，洗碗撞到碗盤發出刺耳的撞擊聲，也覺得很好聽。

以前出國旅行很愛拍照，想盡辦法把自己放在風景中間，也很在意照片裡的自己美不美，至於去過什麼地方，那地方有什麼歷史典故，完全不在乎，多年以後，除了忙著拍照的記憶之外，其餘空白。現在出外旅行比較喜歡拍風景小物，連水孔蓋和廁所馬桶都拍，就是不喜歡拍自己，可能老了也拍不出什麼美照，乾脆就拍風景。

以前遇到好友同學生日一定要送禮物，爲了買什麼樣的禮物眞是絞盡腦汁，因爲自己生日的時候也希望收到好友同學的禮物啊！但長年累積下來，家裡好多相框、茶杯、香水和叮叮咚咚的小飾品，畢竟都是好意，丟掉眞是失禮，但是堆久了也很占地方，好煩惱啊！所以現在乾脆說好，你不送我，我也不送你，扯平！但多少也是因爲一直過生日一直送禮物的下場就是很快就變老了啊！

以前買東西會著眼在好不好看、漂不漂亮、特不特別，久而久之，家裡很多好看且漂亮而特別的裝飾品。現在買東西則是考慮實不實用、有沒有缺，如果只是裝飾，那就不必了，眞的在日常生活派上用場才會出手。

以前對於喜愛的偶像明星周邊商品會瘋狂收集，如果有一整組就不會放過其中一個，如果搶到限量就會感覺生命進入另一個美好的層次。現在則是打開櫃子發現好多東西不曉得該丟掉還是上網拍賣掉，偶像可能已經不愛了，或偶像早就崩壞了，這時候才知道，放在心裡的愛才不會蒙上灰塵也不會褪色更不會占地方。話說回來，灰塵一直清不掉真的很煩惱啊……

以前買衣服的原則，是穿出去要夠時髦夠漂亮，現在買衣服的原則反而是在家裡穿起來要夠舒服，結果每一件看起來都很像睡衣，但也無所謂了。

以前要是聽說哪家餐廳好吃，就算排隊就算再貴，吃過之後會覺得人生毫無遺憾。現在則是聽說哪家餐廳好吃，就等排隊風潮過後，倘若還沒倒，有機會路過，沒人排隊，那就吃吃看吧，也不會覺得吃不到有什麼遺憾。

以前要是知道喜歡的偶像結婚了，會難過得要死，現在則是管他的，反正大部分偶像結了婚，後來也有很大機率會分手，而且我又不能照顧偶像一輩子，難過傷心根本無用。

以前喜歡吃辣的、甜的、鹹的、炸的，好喝的果汁飲料，顏色鮮豔造型可愛的加工食品，不管原料是什麼，有沒有化學添加，夠不夠天然，反正自己還年輕夠健康，根本不必煩惱。現在則是討厭過度烹調，就算完全不調味也覺得很好吃，喝果汁不如吃水果，喝飲料不如白開水，與其買昂貴的連鎖咖啡店外帶咖啡或手搖甜味茶飲，還不如自己磨豆子煮咖啡或泡茶，省下來的錢可以存起來養老。

以前好愛穿漂亮的高跟鞋，公車來了照樣奔跑也不會扭到腳，現在買鞋只會挑好穿的、符合人體工學的、氣墊的，喜歡的樣式就那幾款，買來買去都一模一樣，然後出門還是默默把雙腳塞進破破爛爛的運動鞋，多走幾步路，當作運動，好過穿高跟鞋摔到骨折。

以前會把不常穿的舊衣服留下來，想說未來可能流行時尚又走回復古，至少可以拿出來重新run一遍，但後來已經徹底死心了，就算時尚走回復古好幾遍，身材走樣已經塞不下，只要過了三季沒有拿出來穿的衣服，一律送舊衣回收箱，然後買新衣之前會警惕自己，衣櫥要爆炸了，要爆炸了，「五、四、三、二、一」……

開始認眞思考，該如何把家裡的東西，濃縮到足以維持日常生活的數量即可，裝飾品盡量處分掉，可以拍照存檔電子化的文件就盡量找時間做，往後不會再閱讀的舊書就快點送去二手書店。爲了避免整理雜物閃到腰，盡可能隨手拿到什麼DM或廣告信件就不要亂放，因爲一旦放了第一件，很快就會長出一座小山，小山再擴充爲龐大的山系，等到走動的空間都沒有了，再來推掉各個山頭，又是一項苦差事。

以前很介意是不是太胖，現在只要每次身體檢查報告都pass，就覺得胖一點其實也不會怎樣。

以前很怕被討厭、被排擠，現在覺得，就算被討厭、就算被排擠了，只要有幾個貼心的朋友可以彼此理解就沒關係，畢竟，人生嘛！

以前對於爸媽出國旅行，老是把旅館的牙刷牙膏浴帽毛巾帶回來，塞在櫃子裡，總說未來什麼時候總會用得上，結果打開櫃子就像親眼目睹土石流一樣，真是火大到極點。沒想到現在自己出國旅行看到旅館浴室那些包裝精美的牙刷牙膏浴帽或任何可以帶回來的東西，難免想到，既然住宿房價這麼貴，拿一些回家應該沒關係，「何況以後可能會用到」……

就在這念頭出現的幾秒瞬間，背脊一陣涼，哇，我還真是老了啊！

Part 02

你打算工作到幾歲？

◆

「你打算工作到幾歲？」

這問題的背後，有許多條件，畢竟，可以不要工作，又有固定收入或足夠的老本，能夠衣食無虞終老，大概是許多人拚鬥一生的夢想。當然，身體也要夠健康，能夠四處移動各地旅行，這樣最好。

我剛開始工作的最初十年，職場普遍瀰漫一股「公司有辦法保障員工安心工作，如期在勞保規定的年限退休，而且退休金與福利足夠讓人雲遊四海」，總之是那樣的氣氛。因爲夢幻般的安心感，只要不是表現得太差，大概都能期待年老之後可以過著不錯的退休生活。

可是接下來的十年，業界陸續出現大規模裁員，還有因爲公司整併的「優退」政策，年過四十或五十的員工，一紙人事命令，只要在法定的通知期限內，加上法令規定的遣散費，一夜之間，被迫離職，幾乎成爲辦公室不定期上演的恐怖戲碼，想要在同一家公司同一個工作做到退休的大夢也就瞬間瓦解。

就算暫時保住工作，也不全然踏實，不時要擔心勞保基金不曉得什麼時候要破產，很羨慕那些符合十八趴退休福利的軍公教族群，不上班也還有四、五萬月退俸，這個月來去東南亞旅遊，下半年再揪團去歐洲，理想中的老後退休生活，不是每個人都有能力「過得起」啊！

普遍在五十歲上下的人，想要在十年之內退休，有足夠的年金或一大筆積蓄，甚至期待小孩能夠每個月固定給零用錢，大概是無望了。就算現職能夠撐到法定退休年齡，還是要想辦法找一份工作餬口才行，所以，有沒有想過，到底要工作到幾歲呢？

過去從勞保體制退休的人，總會想辦法找個熟識的公司，兼職當個顧問，維持固定收入，可惜現在的公司經營大概也負擔不起這類顧問職，哪個老闆不是想要找顆「新鮮的肝」，耐操耐勞，薪水只要22K，要加班要業績都不是問題。這時候光是靠「顧問」就想卡位，可能只有某些半官方機構或是那種靠聘用退休高官來打通政商人脈的企業才有的「肥缺」吧！

人啊，一旦從習慣了數十年的職場生涯退下來，如果沒有什麼個人的興趣或夢想，日子突然空了，也不曉得做什麼好。日本稱這種退休之後，在家無所事事的的老爸爲「大型垃圾」，丟掉可惜，留著又很占地方。有一陣子，日本興起一股「熟年離婚」潮，許多家庭主婦熬到小孩長大成家，老公也退休了，索性就遞出離婚申請書，恢復單身，去過自己想要過的日子，所以，退休後的男人，也有可能突然「被離婚」啊！

好像有點離題了，重點是，你有沒有想過，自己打算工作到幾歲？也就是說，在沒有足夠的年金與積蓄來支撐老後的日子，加上身體狀況不錯，你有沒有想過，可以做什麼樣的工作或打工的機會，起碼能夠自己賺錢養活自己呢？

年華老去，機會不再，當過經理或處長的人，願不願意去社區大樓當警衛伯伯呢？雖然現在的保全業也有很多年輕競爭對手，不過老舊社區大樓好像比較喜歡找親切的伯伯，問題是，以前在職場還算光鮮亮麗的長官，肯不肯拉下臉來坐櫃檯收掛號信呢？

二十幾年前，去香港旅遊時，發現麥當勞速食店內收拾餐具的不是年輕工讀生，而是穿著員工制服的白髮老奶奶，總不好意思煩勞長輩，只能立刻起身，速速把用過的餐具端去回收，只差沒搶過奶奶手上的抹布，自己擦桌子了。可是二十年後，台灣的摩斯漢堡也有阿姨模樣的長輩站在櫃檯接受點餐。鬧區日系百貨地下樓有間生意超好的麵包店，也有銀髮族店員負責結帳。過年才剛去日本九州旅遊，湯布院跟黑川溫泉的兩家老旅館，起碼是六十幾歲的阿嬤，負責料理精緻的朝食與晚餐，就算幫忙住宿旅客扛行李也健步如飛。有一天租用巴士，開車前來迎接的司機，是個白髮瘦削的爺爺，穿著雪白襯衫、繫著深色領帶、穿一件藍色毛線背心加上深色西裝，活脫脫是昭和年代走出來的紳士，不但開車穩健，沿路用iPad衛星導航，行車紀錄也都電子輸入，甚至用iPad幫我們拍照。而風景區那些修剪庭園花木，路邊擺攤賣串燒或糯米糰子，甚至划著小舢舨清理池塘的工作人員，也多數是白髮熟齡工作者啊！

如果可能，如果有機會，有力氣，有專業，有興趣，好像也是可以一直工作下去。年輕時候必須符合長輩的期許，或因爲待遇的關係而妥協放棄的理想，這時候反而能夠放手一搏，即使沒有很漂亮的頭銜，沒有名片，沒有辦公桌，反正年紀大了，臉皮厚了，不必在意別人的眼光了，就算收入微薄，只要足夠溫飽，那也就要繼續爲了這份每天張開眼睛都覺得想要快樂上工的心情，讓自己保持健健康康，這樣子，好像也是不錯的老後生活啊！

我再也不會覺得年紀大了還要工作，代表命不好，反倒在人生的second run，還能持續賺錢養活自己，好像也是種福氣。何況有些行業，眞的沒有退休福利，可都是拚命到最後的啊！

以往總有退休老人不是在家含飴弄孫，就是去跳土風舞唱卡拉ＯＫ打麻將，要不然就去當志工，可是往後的退休老人應該沒辦法這麼愜意，多數人還是要想辦法持續工作養活自己才行。

我也想過，如果到了六十歲或七十歲，還能有好的視力跟書寫的力氣，同時還保有觀察世間百態的好奇心，最重要的是發表的文章還有人願意閱讀，而且有微薄的稿費收入，那就繼續寫，寫到白髮蒼蒼也可以（但其實現在白髮已不少）。最重要的就是要把自己的健康顧好，才有辦法撐下去。

那麼，就以此爲目標，好好努力，做個可以持續工作的老人吧！

你所渴望的幸福一日

年輕的時候，害怕獨處，以為獨處就是寂寞和可憐的同義字，渾然不知獨處是天分。但人到中年，如果還沒有獨處的能力，那就慘了。

◆

川本三郎是我非常敬佩的日本作家，他生於戰爭時代，兩歲就經歷東京大空襲，單身赴任到廣島的父親死於核爆，他自己的青春時期則有過政治事件的殘酷洗禮。我反覆閱讀他的作品《我愛過的那個時代》（マイ・バック・ページ）（新經典文化出版），字字句句充滿青春熱血的回顧與熟年之後的反省，在年歲恰好熟成的階段與這樣的文字作品邂逅，也就成爲審視自己的中年練習帖。

透過閱讀往往產生一種讀者自以爲跟作者熟識的錯覺，直到前些日子，在台灣一場座談會上，看到作家本尊，出乎意料的，本人有著資深文青一樣的溫暖氣質，娓娓道來江戶下町的風情，彷彿那些人生前期的試煉，都已沉澱進入命運的點滴之中。川本先生用平靜的語氣敘述他理想中的幸福一日，該如何度過。

他說，他已經是個七十歲的老人了，起得早，六、七點左右就醒來，會在住家附近散步。吃完早飯之後，開始處理寫作的事情。到了下午兩、三點，就把工作擱下，出門，搭電車，也沒有特別的計畫和目的地，臨時改變主意或途中下車都沒關係。大概會去東邊的下町，只要在庶民生活的小巷弄散步就很開心。沿途如果有書店最好，有二手書店更棒，那就到書店裡面找一本喜歡的書。夜幕低垂時，走進門口掛著紅色燈籠的居酒屋，一邊用餐，一邊閱讀剛剛買的書……這是川本先生理想中的一日作息。

「只是理想中的幸福一日，不代表我每天都過著這樣的生活……」

座談會場在台北鬧區的大型書店，座位後方有穿廊走動的腳步聲，座位前方是川本三郎先生拿著麥克風分享日常。我的思緒開始潛入生命至此的每個階段，那些曾經渴望的幸福一日，是什麼模樣？

學生時期，所謂幸福的一日，應該是不用早起，沒有隨堂考，不必補習，可以躺在客廳沙發上看電視，可以早點睡，或即使晚睡，隔天能夠睡到自然醒……

ＯＬ時期，所謂幸福的一日，應該是不用趕著打卡，不用面對討厭的主管，不用加班到晚餐都沒吃或胃痛到想吐。最好午餐過後可以睡個午覺，最好午覺睡到天色昏暗再醒來也不覺得光陰虛度……

支領固定薪水的上班族，十分渴望放假的理想一日境界，甚至無視颱風的破壞力，只祈禱強度可以每次都達到放假標準，最好是放假之日還無風無雨，可以去逛街看電影喝下午茶，猶如大獲全勝的幸福感雖迷離夢幻還帶點罪惡感，但也恰好弭平了苦命上班族的哀怨，僅僅是放假一日的小確幸而已，竟然發狂似的期待颱風登陸，以此開啓幸福一日的模式，好像過於自私了。

這麼回想起來，似乎年輕的時候都過得好吃力，理想的幸福一日模式，最好是什麼事情都不要做。但有時候空出一整天，也總是呼朋引伴，想辦法把每分每秒都用熱鬧來塡滿，譬如，唱好幾個小時的ＫＴＶ，到很熱門的餐廳排隊，或即使是什麼事情都沒做，跟一群人呆呆混在一起，聊著無意義的無聊事，好像也可以達成幸福一日的目標。

直到中年，才多少意識到，年輕的時候，竟然那麼害怕獨處，以爲獨處就是寂寞和可憐的同義字，渾然不知獨處是天分。倘若沒有天分，也要靠後天加緊練習才行，畢竟人到中年，如果還沒有獨處的能力，那就慘了，因爲可以陪伴著一起瘋狂或呆呆做著無聊事的對象，所剩無幾了，而且很多時候還眞的需要獨處才有辦法修復生活無力與人生沮喪啊！

等到離開職場之後，如果想要徹底糜爛，幾乎可以天天無所事事，不過這種日子頂多過一個禮拜，沒有收入的不安定感就會開始從腳底湧上來，空了幾天，就有幾天的不安。

但真的大量工作再次撲上來，又開始後悔那些空白日子的過度擔心好像太神經質了，總之，不安與懊悔重複出現，直到工作來源逐漸穩定，才又將生活步入規律正軌。

年輕時，總希望不要重複過著規律生活，每天都有新挑戰，多采多姿最棒；不再年輕之後，反倒覺得規律生活才愜意心安，所謂的驚喜，淺嘗即可，要是口味過重，恐怕承擔不了，但規律過頭，就怕應變能力變得遲鈍，這也麻煩。

我聽著川本三郎先生訴說他理想中的幸福一日模式，自己偶爾也有類似的經驗，清早去市場，回家之後處理稿件，瀏覽網路訊息，中午過後，出門，搭公車或捷運，去老街區晃晃，或去新潮的鬧區逛逛，或看觀眾稀少的日場電影，趁著下班人潮湧現之前快點退回城外。如果人在台南，就盡量散步，有時候走到腳痠，坐在路邊，喝點涼水，吃點足以應付嘴饞份量的小吃就好。

但也不是每天都可以開啓幸福一日模式，遇到交稿當日，腦袋空空，沒有任何想法；或必須提交的校對稿堆成小山一樣，而快遞據說太陽下山之後就要來取件；也有整日坐著敲打鍵盤或閱讀網路資料，肩膀硬得跟冷凍庫的梅花肉片一樣，唯一喘息的機會是趴在榻榻米上面，盡量把筋骨拉開，好像一隻趴在牆上的壁虎；甚至連著幾日沒有出門，頂多下樓倒垃圾或取掛號信而已。

密集工作之後，如果可以放空一天，最好是清早醒來，沒什麼急著要做的事情，可以慢慢吃早餐，慢慢看ＭＬＢ球賽，午後看日職轉播，晚間又加碼看了台灣職棒，一日三戰外加日劇兩檔，好像也是忙得不可開交。

等到自己變成七十歲的老人，如果還能保持散步的腳力，那就盡量出門走走。腦袋如果還有許多想要分享的事情，耳聰目明的話，那就盡量寫些東西。未來或許還有比上網更厲害的科技出現，日子不曉得會更吃力還是更舒爽，不得而知。

對於現階段的我來說，理想的幸福一日作息，最好有適度的工作量，適度的閱讀時間，適度的放空，適度的家事，以及適度的沉思，再加上適度的無用無聊舉措，不過於緊繃也不過於鬆懈，這樣最好。可以穿拖鞋去買菜，簡單煮食三餐，偶爾想要外食也找得到可以打屁閒聊或互相取笑的朋友，那就足夠了。

去他的成功人生

這些戰鬥力看似無用，卻有著暢快的力道，人生不就該這樣畫下句點嗎？

來過「無用的日子」吧！

◆

我原本就是個對「成功」很無感的人，因此讀到佐野洋子書寫的《無用的日子》（一起來出版）時，簡直像一條快要翻白眼的魚，突然游入水塘一樣，整個人都活跳起來，覺得人生好歡樂。

可惜，市場主流就是拿著一把狼牙棒，在後面鞭策大家，要成功啊，來讀教人如何成功的勵志企管書啊，繳昂貴的費用來參加成功人士講座啊，要不然你的人生就只是失敗，是「魯蛇」，是黯淡的，是無用的……

於是，我的某些朋友，很願意花大錢去上這類課程，授課老師教他們如何在課堂上大聲吶喊，要成功，要賺大錢，朋友說他喊到熱淚盈眶，覺得「老師開啓了他心靈的某個部分」，但課程結束之後，他的人生還是如往常一樣，好像沒什麼改變。

這種一直催促或慫恿大家過成功人生的集體催眠已經讓我覺得好厭倦好無趣，所謂的成功模式或追求成功的ＳＯＰ一旦變成生意，怎麼看，都覺得好殘忍，利用人類渴望成功的慾望變成一種商機，無論如何都好悲涼呢！

這時候讀著佐野洋子女士的書，但她已經在天堂了。戰時出生於北京的佐野洋子，九歲才返回日本，畢業於日本武藏野美術大學，留學德國，在繪本、童話與散文和翻譯領域都相當出色，也獲獎無數，得知自己罹患癌症時，只覺得「喔，我得癌症了」，於是去了離家六十七步的醫院動手術割除，手術隔天，走了六十七步回家抽菸，之後每天都回家抽菸。

「到了我這個年紀，已經不需要乳房了，所以很慶幸自己得的是乳癌。」因爲治療使用的抗癌劑關係，不只頭髮掉光，還過得很痛苦，「乾脆就躺在床上看韓劇，看到下巴都脫臼了。」

得知癌症轉移，因爲主治醫師有點像矮了一截的阿部寬，洋子女士因此覺得很幸運。她問醫生，還可以活幾年？醫生說，如果進安寧病房，大概還可以活兩年。她又問，到死之前，要花多少錢？醫生說，大概一千萬，洋子女士告訴醫生，不要服用抗癌劑，但盡量讓她過正常生活。離開醫院之後，她立刻去訂了一部積架跑車。「人生突然充實起來，每天都快樂得不得了。我覺得，得知自己死期的同時，也獲得了自由。」

因爲罹患癌症，不停掉頭髮，但是洋子女士對於清晨起床，把膠帶纏在手上，黏掉枕頭頭髮這件事情，一開始雖然非常喜歡，後來卻覺得有點膩了，決定去美容院理光頭。「我得了癌症，一直掉頭髮，可不可以請你幫我剃光……如果你會怕那就算了！」設計師露出僵硬的表情，洋子女士在內心murmur：「怕什麼？癌症面前，人人平等，每個人都可能得癌症。」

朋友問她，差不多快要死了，會不會害怕？爲什麼這麼鎮定？這麼有精神？洋子女士說，該死的時候就會死，「爲什麼大家只會說癌症病人是『壯烈地對抗病魔』？不需要對抗啊，我討厭那種凡事都很拚命的人。」

即使是這樣記錄著自己死期之前的最後一段日子，佐野洋子其實過著很率性的生活，吃喜歡的東西，該生氣的事情也毫不留情，而且火力全開地迷戀韓劇卻也毒舌批判韓劇公式實在很愚蠢。這當中沒有癌末患者的晦暗或過於逞強的客氣，反而處處充滿戰鬥力，這些戰鬥力看似無用，卻有著暢快的力道，人生不就該這樣畫下句點嗎？

佐野洋子這本書，眞是讓人「成功地走向無用人生」的最佳指引，日子倘若可以如此無用，那就太「成功」了。

切記！不要成為「討厭的長輩」

你以前有沒有被問到考第幾名？第一志願考得上嗎？這樣無聊的問題……

有啊，煩死了，以後我才不要變成那樣的大人……

◆

想想看，小時候，或年輕的時候，起碼在三十歲以前，只要是年節與家族親戚長輩聚會的時候，最怕什麼？

最怕被問到，功課好不好？考第幾名？

最怕被問到，第一志願有沒有問題？

最怕被問到，跟誰家小孩比較，誰會讀書？誰會彈琴？誰去上過什麼美語補習班，即使只會說「My name is……」也被褒獎英文好棒但其實窘得要死？

最怕被問到，交男朋友了嗎？有女朋友了嗎？帶回來給阿姨嬸嬸舅舅叔公姑婆看看啊！

最怕被問到，找到工作沒？月薪多少？有沒有年終獎金？

最怕被問到，什麼時候結婚？什麼時候生小孩？什麼時候要生第二個？

最怕被問到，老婆怎麼沒有一起回來？老公怎麼很少露面？

長輩的定義隨自身年齡增長而有所改變，譬如對那些不到十歲的小孩來說，只要是二十幾歲、三十幾歲的親戚都算長輩；對二十幾歲的年輕人而言，大概四十歲以上的親戚都可歸類爲長輩，這當中可能也有輩分的問題，總而言之，各年齡層都有很苦惱的長輩應對問題。除非很親，開得起玩笑，否則對於長輩的提問大概都無法頂嘴反駁或臭臉，「小孩乖不乖」涉及父母的面子問題，就算被問到不想回答的問題，也只能微笑，或趕緊找個可以快速脫身的安全答案搪塞過去，反正有什麼不爽，回家再上臉書抱怨就好，要是臉書隱私設定不周全，恰好被親戚或親戚的小孩看到，那就慘了。

尤其在青春期，個性特別敏感的階段，對於不熟的親戚長輩更是覺得彆扭，即使是親友見面那種勉強裝熟的寒暄，藉由無關痛癢的問題來炒熱氣氛或避免冷場，都會覺得那問題根本直接擊中情緒最脆弱的部分。好討厭啊好討厭，就算長大變老了，自己也成爲「長輩」了，只要想起青春期那段不擅長與長輩相處的日子，還是覺得情緒最脆弱的那部分長滿了痂，一摳，就剝落。

青春期之後，來到適婚年齡，或結婚之後尚未有小孩，也就進入親戚長輩的下一個射程範圍，而且百思不解，爲何長輩好愛干涉晚輩結不結婚，要不要生小孩，生了男的就問說爲何不生個女的，一直生女的就被囉唆沒生男的怎麼跟長輩交代。身處砲火攻擊區，就算氣急敗壞，但基於「父母的乖小孩」該有的禮節，也只能面帶微笑，但內心不斷OS：干你屁事干你屁事干你屁事……

轉眼之間，我們也會成爲後生晚輩的「長輩」，進入「長輩」的殿堂，一不小心，就忘了過去自己受過的子彈攻擊，忘了千瘡百孔的疤痕。過年過節，或見到嬸嬸或舅舅的兒子也就是表兄或堂兄的中年人帶著他們的小孩來喝喜酒時，反正也不是很熟，小時候或許一起玩過，但後來各自爲人生愛情與事業打拚，早就不知道誰是誰了，既然喝喜酒坐同桌，總要閒聊吧，那就摸摸對方的小孩，幾年級了？國語考幾分啊？班排第幾名？校排第幾名？如果對方帶來的小孩年紀大一些，就問交女朋友男朋友了嗎？怎麼還沒結婚？結婚三年了怎麼不生小孩，讓嬸嬸或舅舅早一點當阿嬤阿公啊……

類似這些問題，大概從冷盤問到甜湯，等到發現的時候，會在內心大叫一聲，糟了，我也變成討厭的長輩，問了這些無聊的問題，但一切都是因爲沒話題啊，或者純粹是世代輪迴，以前被修理過，趁現在快點回擊，當作復仇呢？

以前我們苦於被長輩追問許多人生問題時，會堅決立誓，老了之後絕對不要成爲那樣的長輩；等到自己在不知不覺之間成爲他人的長輩，同樣的問題又輕易從嘴裡溜出來，彷彿身體有個按鍵，一旦過了年齡的某個關卡，就不受控制，把自己過去最討厭回答的問題又重新從體內翻攪出來，湧出喉間，直到問題出口，看到晚輩臉上的尷尬，才猛然想起，天啊，自己好像變成對方討厭的長輩了。

會不會在人體中，早就內建一個「長輩按鈕」，時候到了，年紀夠了，就會轉換成嘮叨碎唸模式。當自己進入這個關卡層次，才有辦法理解，那是因爲想要避免親戚相見的尷尬，只好藉由普遍流傳的、不痛不癢的、一代傳一代的「長輩發問題庫」來解決。痛苦的是，當自己發現過去所憎恨的、那些被迫在不是那麼熱絡的親戚長輩面前交代自己眼前人生的許多爲難，卻又基於晚輩禮節不敢動怒的問題，今日卻那般輕易地從自己嘴裡溜出來，直到晚輩眼神流露出「干你屁事干你屁事干你屁事」的訊號時，才猛然驚醒，眞是殘忍啊，自己竟然做了這麼討厭的事情。

要切記，要反省，要彼此提醒，過去我們所討厭的事情，今日就不要再加諸後輩的身上，以免成爲親人相聚的壓力。或許，我們可以討論一下最近的手機遊戲有什麼？臉書帳號要如何設定才不容易被盜用？至於晚輩功課好不好，有沒有男朋友女朋友，要不要結婚，什麼時候要生小孩，甚至，他們究竟愛男生還是愛女生，都是他們自己的事情，他們有權決定要不要把自己的隱私攤在親戚見面的話題之中被品頭論足。除非晚輩開口，希望得到建議，得到幫忙，那就給建議給幫忙，但不要替他們做決定。

即使是當作寒暄，對自己而言，有沒有答案都無所謂，但是被問題搞得很難堪的晚輩卻要用自尊來擋子彈。任何假借關心之名的干涉都會讓當事人感到莫大的壓力，自己年輕的時候不就吃過苦頭嘛，年紀大了，可要切記，千萬不要成爲討厭的長輩，切記啊！

變老・變老之後的大人並沒有比較厲害

大人是什麼？變老是怎麼一回事？比起外表蒼老或身體機能衰退，最恐怖的莫過於自己漸漸變成年輕時候所討厭的樣子……

◆

前些日子，在網路YouTube看到一段日本啤酒廣告，妻夫木聰搭乘一部通往「大人世界」的電梯，分別跟北野武、竹中直人、Lily Franky，如閒聊那樣的一問一答，所謂的大人，到底是什麼？

廣告腳本很強，三位在演藝事業具備大叔魅力的代表人物來談論大人世界，感覺很有意思。畢竟北野武、竹中直人與Lily Franky在專業領域早有一番成就，卻不算是成功菁英者吹捧的SOP，他們慣常扮演的角色甚至偶有詼諧或不得意中年的形象，但大抵是過著盡興的人生，也就覺得他們三人回答這些問題時，聽來特別觸動「不成材中年人」的情緒。畢竟人到中年，不斷被成功模式壓迫到臉頰都貼著地面了，如果可以適時「排放一些」無能廢材的心聲，抱怨一下生活苦澀和性格膽怯的弱項，無須一直逞強當什麼厲害的大人，也是很「勵志」的啊！

竹中直人被問到所謂的「經驗」——「以爲累積了經驗，就會過得比較輕鬆？沒這回事。」

關於這答案，尤其對步入中年的人來說，特別有被一拳擊斃的痛感。自以爲累積的經驗夠多了，但未曾遭遇的狀況還是一直來一直來，就算面對同樣的難題，好像也沒有處理得更好，於是把所有過錯，都推給「人生的罩門」。仗著過去被石塊砸到腳或鐵片直接打在後腦勺的記憶依然鮮明，以爲靠經驗閃躲，或靠身體的柔軟度抵銷對方出手的力道，總該輕鬆一些吧，但似乎不是那回事。並不是因爲累積經驗而能避免錯誤，而是因爲有了不好的經驗，就變得膽小，能閃則閃，這是成爲「大人」之後，最討厭的地方。

某天走在住家附近的紅磚道，身後一對年輕夫妻帶著一個年齡約莫是幼稚園前後的孩子，大人不斷用威脅口吻警告小孩：「講話這麼沒禮貌，小心被揍。」……我走在這一家人的前方，不斷聽著大人用「小心被揍」當成發號施令的結語，「沒禮貌，小心被揍。」「走路不靠邊，小心被揍。」「不讓爸媽牽，小心被揍。」……最後，終於忍不住回頭看，口口聲聲說著「小心被揍」的父母，到底是什麼樣的大人？

而或許，包括我在內的大人，對許多事情也一樣無能爲力，但爲了避免被小孩發現，就想盡辦法逞強，畢竟不少講話沒禮貌的人現在也當了民意代表，走路不靠邊的往往是大人，眞的規矩靠邊的人其實是怕被撞而不是被揍。不讓爸媽牽手爲何要被揍，長大了總要放手自己去闖蕩的啊！

而人生至此過得相當率性的導演北野武，被問到大人對於金錢的看法時，如此回答：

「站在餐廳前看菜單時，皮夾裡面有著不管吃哪道菜都吃得起的錢，這樣就足夠了。」

聽到這回答，剎那愣住，反覆倒轉，重複聽了幾遍，忍不住笑出來。也許有人會說，可以刷卡的話，那還有什麼問題呢？但我揣測北野武的意思，大概就是生活總算過得下去的餘裕吧！譬如小時候，起碼在還沒有出社會、有辦法自己賺錢之前，手頭上的零用錢，大概就是全部財產了，站在餐廳前，看著門外的菜單，吃不起就眞的吃不起。可是成爲大人之後，剛開始賺錢，也多少有皮夾裡面眞的沒錢，或銀行存款要留著支付房租跟信用卡的時候，也不是手頭緊不緊的問題，心一橫，當眞要揮霍也不是不行，但吃完大餐隔日上完廁所，再貴的美食都進了馬桶，該面對的事情也沒辦法跟隨馬桶沖掉，確實有那樣的日子啊！

等到中年過後，如果夠豪氣，忍一下，再怎麼貴，好像也還是吃得起，反倒是想不想吃，有沒有必要吃那麼好的問題而已。甚至會渾身浮現如針扎那樣的不安定感，心頭出現個小人偶，晃來晃去如鬧鐘喚人起床那樣，重複警示：爲將來留點老本吧，現在吃這麼好，未來都不曉得會不會什麼都吃不起。這才是變老之後的大人最爲難的地方。

那麼，下次想辦法站在價格比較大眾化的餐廳前面看菜單就好了，大不了回家自己煮。

至於繪本作家與男演員身分兼具的Lily Franky則說：「大人啊，越來越痛苦呢，很多討厭的事情等著你。」「什麼是變老？就是哀愁不斷累積下去。」「人類越被世俗汙染，就越愛哭，真的會越來越愛哭」……

看完這段，不免會心一笑，果然是這樣啊，年紀越大，看似對許多事情釋懷，卻也開始抗拒去思考一些必然會出現的難題。譬如，早上起床，看著鏡子裡的自己，怎麼變這麼老，未來只會更老，除非去動整型手術，但外表變老好像還只是電影開演前的宣導短片，身體機能衰退才是重頭戲……類似這些哀愁好像會不斷累積，親朋好友或工作夥伴之間沒有解決的彆扭還是擱在那裡發酵，討厭的事情只好靠美好的事物來掩埋，然後就變得很愛哭。

僅僅是一句電影或戲劇的角色對白，一個背影或剪影，一個新聞事件標題，或根本是一小段商業廣告，眼淚就出來了。但也因爲老了，眼淚收起來的速度也讓人懷疑自己到底是無情還是太濫情，總之，感動瞬間「秒噴」的鼻涕淚水相當驚人，但轉身之後，又去做日常會做的事情，譬如，開始掃地，或燒開水。

即使成爲大人，許多事情還是無能爲力，沒辦法解決的時候，甚至連承認束手無策的勇氣都沒有，害怕被譏諷是無用的人，起碼在面子上要撐住。而今，面子這種東西，都已經好幾百斤重了，但是要拉下臉來認錯，還需要一些日常練習才行，否則被迫低頭時，都聽得到全身筋骨崩解碎裂的聲音啊！

所以大人是什麼？變老是怎樣一回事？比起外表蒼老或身體機能衰退，最恐怖的莫過於自己漸漸變成年輕時候所討厭的樣子，在不知不覺的時光流逝中，當自我嫌惡的感覺出現時，好像已經來不及了。找藉口原諒自己的刹那間，才驚覺變成大人之後，並沒有比較厲害，眞是抱歉。

「既然不想變得圓滑，那就變成星星吧！」雖是廣告影片的結語，但人生何嘗不是這樣？我也是徹底成爲大人之後，才發現大人的內心，其實脆弱到不行啊！

老了‧‧也要很時髦

老人就要穿老人衫嗎？在公園做甩手功喔？

誰說的，我就算 80 歲了也要打扮很嘻哈。

◆

年紀大了，亦即所謂的「老人」，該穿什麼衣服呢？

小時候，我對「老人」的最初印象，應該就是阿公阿嬤和外婆姨嬤這類的長輩了。以我當時對於詞彙運用的有限知識，總是將他們的穿著統稱爲「老人衫」，不管春夏秋冬，一概都是古老開襟布釦款式，鈕釦跟拉鍊的素材都極少出現。夏天穿素色短衫，冬天則是暗色棉襖，女性較爲花稍的款式，頂多碎花布面。住在村內唯一兩層樓房的姑婆，甚至還纏小腳。

外婆與姨嬤畢竟童年在台北城內長大，算時髦的了，在節慶或喜宴場合，會穿著訂製旗袍，戴珍珠項鍊，提著眞皮包包，大人說那是「巴估」（バッグ），我大概是到了小學才知道「巴估」原來叫做「皮包」。姨嬤有時候也穿昭和風味的洋裝，外婆去寫眞館拍沙龍照的時候，也留下西式套裝的身影。至於台南鄉下的阿嬤，沒見過她穿裙子，可能是早年務農的關係，甚至連旗袍都沒有。

女性長輩大概從婚後就開始把頭髮梳成腦勺後方緊緊的髻，插上珠花髮飾，看她們在鏡子前面梳髮、抹油、盤髮，彷彿一場神祕安靜的儀式。而今想想，那時她們也不過五十歲出頭，爾後我在傳統市場總會看到專賣「老人衫」的店家攤位，心裡默默想著，莫非自己到了五十歲，也要穿這種「老人衫」？

幾年前，讀過一位精神科醫師在網路發表的文章，提到老年人如果還跟年輕時候一樣裝扮，有可能是沒意識到自己已經老了，還穿著年輕時候一樣的衣服，會讓人看笑話。可我心裡想，跟年輕時候一樣裝扮，不行嗎？譬如，我可能到了七十歲還是想要穿帽T，喜歡買橫條紋的上衣，喜歡穿格子襯衫搭牛仔褲，如果穿寬鬆上衣就搭緊身褲，如果去慢跑或公園散步也要穿Nike或Adidas要不然就是Mizuno，還是每季去看看Hang Ten或UNIQLO有什麼新款，夏天酷暑也要穿細肩帶背心外加短褲和夾腳拖鞋，這樣子，不行嗎？

譬如我的朋友說他變成八十歲老公公了，還是想要穿鬆鬆的垮褲，打扮得很嘻哈；本來就穿著很性感的朋友說她就算成爲老婆婆了，還是會想要露一下乳溝，不可以嗎？

誰來界定老人的穿著不可以如何如何？老人就該裝扮黯淡，或穿那種大紅牡丹絲絨洋裝好像什麼媒婆還是丈母娘的；老了就不能泡咖啡館，不能去看電影，不能一個人去旅行，只能去搭遊覽車朝山或在公園甩手嗎？

曾經在東京池袋東武百貨搭乘電梯時，某一樓層湧進一群昭和裝扮的女士們，頭髮應該是特別上美容院吹整出來的，多數佩戴漂亮的絲巾，或戴著淑女帽，臉上的妝容非常細緻，倘若不是相約去喝下午茶吃甜點，就是某某女子高校的同窗會。她們身上的流行元素與年紀互相匹配，呈現十足美好舒坦的熟年韻味。後來在巢鴨地藏通商店街也看到穿著時髦相偕出遊的六十代同好，一邊挑選巢鴨特有的紅色內著，一邊品嚐地藏通特有的甜食，還去CD唱片行排隊等待演歌歌手的簽名會，比起年輕人追偶像，毫不遜色啊！

往後我就很愛觀察日本老人的時尚品味，譬如商店街傳統吳服店的老闆娘，貼耳俐落的淺栗色短髮，畫著淡妝，雖不是什麼流行衣著，卻典雅大方，穿著高領毛衣，普通的灰色一字裙，有時候還搭配七彩毛襪，看起來頗有韻味。

有一年冬天去了九州湯布院，迎面而來，起碼是七十歲的阿公，一身黑色皮衣夾克與緊身皮褲，搭配一頂頗有設計感的紳士帽，擦身而過，只覺得，這阿公太帥了吧！

又一日搭乘九州西鐵電車前往太宰府，回程跟一位八十五歲的老奶奶閒聊，她背著雙肩背包、隻身去太宰府賞花，上下車或更換月台轉車，完全不是問題，說她經常獨自一人小旅行，搭乘大眾運輸工具四處遊玩，即使八十五歲了，也做著時髦的事情啊！

我想，在阿嬤她們那個年過五十就步入老年的年代，大概很難想像後來的人就算過了五十歲，好像也沒有意思要開始穿老人衫。任何年齡都能夠隨心所欲，都能率性選擇自己想要的裝扮，熱中各自想要從事的活動，或想要「耽溺」的糜爛日子，或突然就發憤圖強有了新的人生目標，譬如五十五歲開始跑馬拉松，六十歲開始學游泳，八十歲打算參加電競大賽……不管幾歲，都要去搶李宗盛演唱會的票，去聽X Japan，反正這些人都會跟著自己一起變老，沒什麼好怕的。

到了我們這個世代，就不必拘泥於什麼年齡該穿什麼衣服，或不能穿什麼，就快樂選擇自己認爲時髦的裝扮，做時髦的事情，所謂的「時髦」，就是讓自己過得順心，不必介意他人側目，這就是時髦，非常時髦。

就這麼決定，老了，也要當個時髦的老人，人生才夠盡興啊！

三十五歲開始的熟年旅行

到了熟年，才知道這一路以來的旅行，是多麼珍貴的人生練習。

◆

大概從三十五歲過後，對海外旅行的定義，開始產生慢性質變，不曉得是往好的方向還是壞的方向傾斜，總之，已經不是主流旅遊市場促銷討好的對象，旅行對我來說，逐漸變成孤僻與慢活的練習。

二十歲中期，進入職場，開始賺錢，利用第一筆夠分量的存款，展開人生首次的海外旅行。走的是傳統旅行團路線，福岡進，東京出，在航行內海的船上過夜，還在船艙大浴場扭到腳，成爲後來動不動就痠痛的老毛病。移動的距離很長，時間大多花在遊覽車上，高速公路是車窗外「定番」的風景。一路睡睡醒醒，還要快速學習陌生團員辨識養成術。導遊在遊覽車上介紹風景順便夾帶推銷商品，舉凡干貝糖、陶瓷刀、香菇、鮑魚罐頭都可利用A4明細表勾選，直接裝箱打包在回國機場行李轉盤取貨即可。匆忙路過京都，好像也住在富士山腳一晚，最終以東京免稅店收尾，對於旅行的印象，只剩下購物的記憶，究竟去了什麼景點，而今回想起來毫無頭緒，多年之後翻開相簿，看著褪色的柯達、富士或柯尼卡沖印相片，驚覺自己變胖之外，完全想不起拍照地點到底是哪裡。

第一次的海外旅行，至今記憶深刻的，竟是躺在船艙下舖一直睡不好，感覺身體緩緩沉入海底，不斷睡去醒來，猶豫著要不要穿救生衣入眠。

幾年之間，陸續跟團，東南亞，東北亞，大城市，小島嶼。搭遊覽車在不同旅館之間遷徙，打開行李闔上行李，免稅店瘋狂採購，吃難吃的偽中華料理，在機場與機上狂掃免稅化妝品保養品，那個年紀大抵是這麼認爲，如果返國之後可以送同事每人一條CD口紅，似乎很有面子。那幾年出國旅遊好像也背著人情出境入境，旅程之中，不斷掛念給誰誰誰的禮物買了沒？要是不夠周延圓滿，返國到了機場再繼續衝刺菸酒幾乎是常態。提著免稅店的購物袋，體內也被幸福感「充得飽飽」的，猶如電力恢復百分百。那些年，關於旅行的定義，大概就是這樣。

應該是三十五歲開始，或逐漸接近四十歲前後，對跟團模式的海外旅遊，突然產生體質不符的過敏排斥，先是從幾人的自由行開始，然後變成一個人旅行，最後，就沒辦法回頭去跟團了。

不但沒辦法跟團，也對那些旅遊網站不斷歌頌的排隊名店、非吃不可、非買不可、非去不可的熱門指標，慢慢飄過，不甚在意。

熱中的旅行模式，演變成爲「向小說與戲劇電影場景致敬的巡禮」。

幾年前的三月，原本計畫前去東京巨蛋觀戰ＷＢＣ亞洲區預賽，可是白天的行程，卻去了雜司谷靈園找尋夏目漱石之墓；去了搖滾歌手尾崎豐當年辦告別式的護國寺；去了築地卻不是爲了吃生魚片壽司，而是去築地本願寺憑弔X Japan早逝的吉他手HIDE；去了三鷹也不是造訪宮崎駿美術館，而是找尋太宰治墳墓所在的禪林寺，還沿著作家自盡的玉川上水慢慢踱步。要不是路途遙遠，加上大雨，只能捨棄計畫中的多摩靈園，錯過了去向田邦子墓前致意的機會。雖是櫻花早開時節，也沒在上野站下車，而是繞道鶯谷站，前去寬永寺憑弔篤姬，甚至晃到附近的谷中靈園，烏鴉啼叫聲中，走了好大一圈。朋友看我的行程，大笑說，這是掃墓之旅吧！

步入熟年階段的海外旅行，大抵維持這種「マイペース」（my pace）的我行我素模式。因爲多年前曾有過日本住居經驗，每隔一段時日就想回去看看，抵達瞬間即是記憶與生活的重組，聽讀說寫的語言頻道切換，成爲即刻的練習。

絕對不會搭清早班機，最好是睡飽之後可以從容搭車到機場，選擇觀光團不太喜歡的冷門班次，商務客較多，機艙比較安靜，推著免稅商品路過的空服員都像死了心一樣，快步通過，幾乎沒生意。只要在太陽下山之前抵達旅館就好，因爲天黑之後要找路比較麻煩。最好是曾經投宿過的旅館，最好check in的時候就被staff認出來，最好不要頻繁移動，可以一直住在同個旅館最佳，因爲關上房門，攤開行李，等同於宣告在異鄉也有家的領土。

旅館不必豪華，附近有販賣外帶熟食的店家最棒。通常睡到飽才起床，吃了飯店早餐才出門，避過電車擁擠的通勤時段最好。一天排同一條電車沿線的景點，但也不愛觀光客湧入的地方。看了NHK晨間小說劇之後，會去鬼太郎夫妻住處附近的深大寺；看完阿部寬的日劇《新參者》，就去人形町吃紅豆餡人形燒、帶了煎餅當消夜零食，還去水天宮幫即將生產的同事求了安產御守。因爲喜愛侯孝賢的電影《珈琲時光》，所以流連神保町成爲造訪東京的固定儀式，一定要去「誠心堂」書店，想像淺野忠信就在裡面，雖然電影拍攝地的白山通Erica咖啡已經歇業，但是巷內的另一家Erica仍在營業，那就去喝杯老派咖啡，讀幾頁文庫本小說，想像自己是一青窈飾演的陽子。

因爲讀了川本三郎的《我愛過的那個時代》，所以去了東京大學安田講堂，坐在樹蔭下的長凳，拿出紅格子筆記本，寫了好幾頁隨筆雜文；因爲在東大赤門附近吃了便宜的海鮮蓋飯，飯後走入小巷散步，發現日幣五千紙鈔肖像人物，也就是明治初期女作家樋口一葉的故居，站在路邊上網查詢了作家生平，隨即換車搭乘日比谷線，前去三輪站的一葉紀念館參訪。

盡量在下班人潮湧現之前，回到住宿旅館附近，拎著熟食跟啤酒，窩在旅館房間，看球賽轉播，看電視新聞，看日劇，最後以旅館狹小卻已足夠的浴缸泡澡收尾。

午餐有時候靠簡單的飯糰或連鎖店的咖哩飯果腹，逛書店跟菜市場的重要性勝過藥妝店。花不少時間在小巷迷路，有時候故意不看Google Maps，而是摸索路邊的地圖看板，每次都因爲分不清東西南北而走入未知的庶民長巷，既然迷路那就隨興更改目的地，走累了就在路邊神社歇息，投幣買了自動販賣機的BOSS咖啡，也就發呆度過一個小時，離去的時候還有些依依不捨。

對購物開始產生厭倦，對於扛行李逐漸失去耐心，對「趕趕趕」的行程毫無興趣，對於住宿的飯店旅館，已經不是匆匆一夜睡眠的需求而已，如果是商務旅館就要用他們的自助洗衣烘衣設備，旅館免費早餐的飯糰也要吃到盡興，倘若有溫泉，那就深夜一泡還要加碼清晨一泡。

熟年已至，搏命趕路的旅行，早已無福消受，要睡得飽，要過得緩，有時間發呆沉思，有機會迷路找路，最好避開觀光人潮，想辦法走入巷弄的尋常庶民生活，偶爾被當地人問路那也就開心好多天，就算沒吃到讓人銷魂的甜點，沒有造訪知名餐廳，也沒關係。

理想行程多數在走路，多數在發呆，有可能十天都住在同一間小旅館，從容打點好才出門，天黑之前就回旅館，班機也不是早去晚回，早已不必費心幫朋友準備禮物紀念品，行李最大的負荷是淳久堂或紀伊國屋或車站小書店買來的紙本書。類似這些旅行癖好，也是三十五歲過後才開始的練習，不知道五十歲過後，會不會更孤僻，最好到一個城市就融入街景，沒有旅人的焦慮倉皇。

下一次去日本，想去造訪「世田谷」的「松陰神社」，畢竟大河劇《八重之櫻》的小栗旬角色吉田松陰太迷人；如果是櫻花季節，那就去中目黑，找尋日劇《離婚萬歲》那家洗衣店；如果有機會去仙台，想到車站前的咖啡館堵一下喜歡在那裡寫作的「伊坂幸太郎」；然後再轉搭陸羽東線到「鳴子溫泉」，因爲電影《跟著春天去旅行》，因此愛上鳴子溫泉的「大正館」，一泊二食好像不太夠，三天兩夜更適合，要是可以在旅館房間寫個兩千雜文或五千短篇小說，那就更棒了。

到了熟年，才知道這一路以來的旅行，是多麼珍貴的人生練習。慢慢在異鄉短暫過幾天生活，其實不是旅行，而是美好的休息，難得的reset，這道理，總算懂得一些了。

阿姨・・當然可以喜歡ARASHI

告訴我，為什麼我不能喜歡 ARASHI ？大叔去看水樹奈奈，不行嗎？

可以是可以啦，不過要小心自己的筋骨啦。閃了腰很難好喔！

◆

有位日本朋友的媽媽，是瘋狂的「嵐飯」，不但加入ARASHI歌迷會，還會從東京搭新幹線衝到大阪去聽live演唱會，甚至狂掃周邊商品。朋友覺得媽媽這樣有點奇怪，我聽了之後大笑，爲什麼阿姨不能喜歡ARASHI啊，一定要聽演歌嗎？不是每個阿姨都聽森進一啊，雖然森進一紅了那麼久，確實很厲害。

好吧，其實我自己也已經進入阿姨俱樂部了，所以，「現役阿姨」來回味一下自己年紀小的時候，我的「阿姨們」……也就是長輩們，都在瘋狂什麼。

已經過世的漢口街阿姨，曾經從老相簿裡面，抽出兩張已經泛黃的沙龍照，阿姨臉上浮現少女的夢幻光澤，手指頭小心捏著照片的白色雕花邊框，舉到眉心等高的位置，「看，白光，是歌星，也是影星，演電影又唱歌喔……」

哇，穿著高領旗袍的白光，半長髮，髮尾漂亮的捲度，戴著長耳環，大概是那個年代的時髦款，表情嫵媚，超級性感，和我小時候偶爾在電視節目看到的白光，完全是不同的形象。

另一張沙龍照是影星樂蒂，演過祝英台。樂蒂那張簽名沙龍照，還寫了阿姨的名字。

跟一直住在台北城內的阿姨不同，我母親小學畢業之後就到台南紡織廠工作，不太記得她崇拜過什麼偶像，倒是喜歡聽楊小萍唱歌，說她丹田很夠力。如果勉強要找個偶像，那應該是與她年齡差不多的日本美智子皇后吧！

父親是個愛唱歌的人，家裡很早就有美空雲雀和森進一的黑膠唱盤。在那個沒有第四台，只能靠小耳朵收看NHK的年代，跟著他看除夕夜的紅白歌合戰，只要看到水前寺清子的演歌表演，父親就很high。而屬於他們那個年代的high，也只是默默專注看著表演，小聲跟唱，或跟著打拍子。等到少年隊或松田聖子出現時，才會「嘖」一聲，起身去上廁所。但他這幾年看到AKB48或傑尼斯或EXILE出現在紅白歌合戰的陣仗，應該已經沒什麼意見了，頂多就是閉目養神，「睏一下電視」。

偶像崇拜絕對是歲月催人老的鐵證，如我這世代，聽ABBA與木匠兄妹，迷過林慧萍與陳秋霞，大學舞會把〈Every Time You Go Away〉捧為神曲，沒想到這年頭舉辦「校園民歌演唱會」好像也變成大叔阿嬸的同樂會，知道「余光」西洋音樂節目的人都已經「有歲了」，感覺就像當年自己看到「群星會」歌星開演唱會時，會問一下爸媽，需要買票嗎？然後他們依照一貫的人生淡定，客氣婉拒，說那票價太貴，聽卡帶就好，但卡帶眞的「卡」帶，也找不到錄音機可以播放了，但他們已經進入「人生不必拘泥執著」的境界，所以江蕙的告別演唱會門票，我就不必以孝順父母爲由，承受售票網站當機而大崩潰的打擊了。

可是，我們這個世代的偶像也不是在鳳飛飛或劉文正之後就畫下句點，我們也聽五月天，而且是從〈志明與春嬌〉就開始聽，我們聽陳昇的歌都聽成老朋友那樣的知己了，可是我們也聽蘇打綠，也愛滅火器，自己一個人上網時，看到MP魔幻力量的戰神舞，也會站起來跟著跳啊！

所以，阿姨去聽搖滾live，不行嗎？大叔去看水樹奈奈，很奇怪嗎？何況秋葉原的AKB劇場，擠在舞台下方，搖著扇子跳舞的，幾乎都是穿著西裝的大叔啊！

對，年紀越大，臉皮越薄，類似Live House那種近距離的演唱會，即使很愛搖滾很愛重金屬，卻不好意思擠在年輕人裡面變成獨特的老怪物，就算沒遭到旁人側目，自己好像也覺得怪怪的，可是明明自己聽X Japan也有二十年了啊，現在去看YOSHIKI把上衣脫掉的演唱會定番到底有何不可？

所以，阿姨當然可以跟嵐飯一起討論喜歡櫻井翔是不是因爲這孩子很會讀書，喜歡松本潤當然是被電影《向陽處的她》電到，那麼二宮和也怎麼看都是乖小孩，至於大野智跟相葉雅紀，好啦，喜歡釣魚跟天然呆，也是很討人喜歡啊！

阿姨當然也記得近藤眞彥跟東山紀之，可是這跟ARASHI不衝突啊，許多藝人不是都很愛說，他們的歌迷層要是涵蓋一歲到九十九歲簡直可以驕傲到翻兩圈之類的，所以我去滅火器live的時候被友人刺了一下，說這阿姨會不會是現場最年長的，但我立刻戳回去，你沒看到主唱大正的爸媽在那裡嘛！

朋友衝到X Japan的橫濱復出演唱會現場，說他身後起碼坐了一排六十歲的阿姨，從頭到尾，火力全開，搖著扇子，沒有停止。想想在X Japan樂壇出道的一九八七年，這些阿姨也才三十歲前後，那時候如果可以聽搖滾，崇拜偶像，那爲何到了六十歲就要放棄去表達身爲歌迷的愛意呢？

所以，年輕時期喜歡過少年隊或小虎隊或任何團體的阿姨，當然可以繼續支持ARASHI或關8或V6，也可以接受SMAP與TOKIO進入四十代，偶像變老或高音上不去都可以接受，守備範圍很廣了，打擊無死角，所以，阿姨當然可以喜歡ARASHI。

可以持續因爲偶像前仆後繼出現，體悟後浪推前浪的殘酷競爭，而能保持青春的愛意，爲了搶一張票或看一場表演而雀躍，就算變成旁人口中的哥啊姐的，或阿姨大叔，如果可以練就無視他人取笑的眼光，那人生也算進入下一個關卡了，反正那些臭小孩的揶揄，等到他們自己變老之後就知道多失禮。

年輕時期喜歡的偶像那就繼續follow，就算偶像要告別歌壇也要開心揮手說再見，畢竟「天下沒有不散的筵席」可不是寫作文的時候才用得到，年紀大了，每天都有散掉的筵席，而且已經很會打包剩菜了，不必太傷心。

老了之後也沒規定不能喜歡新歌手或新團體，只是學著EXILE或E-girls唱跳劈腿的時候，要小心一下自己的筋骨就是了。

偶像們，就安心去結婚吧！

◆

西島秀俊透過經紀公司發表結婚聲明之後，向井理也公開結婚對象，名列日本票選黃金單身漢榜單的兩人，一週之內，back to back，終結單身。網路上面一片慘叫，男網友形容「西島秀俊結婚的新聞讓公司裡的女生全都呈現以前『巨人隊輸球時的爸爸』狀態」，因爲太震驚了，甚至出現公司ＯＬ集體早退潮。

心愛的偶像結婚了，超難過的啊，畢竟，那是幸福與愛情的幻想投射。自己受了什麼委屈，總會想像五分鐘之後，可以蹺班跟西島秀俊一起駕車去台場彩虹大橋來個小約會；如果是穿著高中制服、騎腳踏車在敦化南路吹風鬥嘴，那必然是《藍色大門》的陳柏霖，若是後來的「大仁哥」進化版當然更好；在ＣＤ店戴著耳機試聽音樂時，最好身旁來了金城武，問妳有沒有聽過一首旋律，然後他哼了起來，妳忍不住就勾住他的脖子大叫，I See You……

如果喝下午茶的時候有劉德華相伴；看電影的時候，手肘一碰，小栗旬靠過來，問妳想幹嘛；看金馬獎轉播看得好無聊，轉頭一看，梁朝偉對妳挑眉，說他完全理解……

幻想真是美好的毒品，把偶像關進囚室，隨傳隨到，「主人，需要什麼服務嗎？」可以短暫窩在幻想的世界裡，真是無趣人生的美好救贖。

所以，偶像是人生必需品，但偶像到底可不可以跟別人結婚？偶像結婚是不是背叛？結了婚的偶像會不會變成過期醬料？

年輕的時候，聽聞偶像戀愛或結婚，等同於生命的巨大挫敗，但是挫敗感的臨床表現，因人而異，多數人僅止於得知新聞訊息之後，身心短暫崩潰，還會有身體不知何處被削了一塊的虛脫，不過，症狀頂多拖到當晚睡前，一覺醒來，就明顯改善。

嚴重一點的，也許要花點時間才能走出「陰霾」，畢竟，「我這麼愛你，你為什麼愛上別人」的打擊太慘了，如果偶像是因為「奉子成婚」，那麼粉絲必須服用的錠劑可能要加倍，或類似發燒的時候就要加碼吃紅色藥丸。但這些病狀並不會拖太久，畢竟自體修復能力很強，有些人因此「由愛生恨」，有些人選擇繼續相挺或移情別戀，然而一轉眼，情感重新投射在偶像演藝事業的表現上，很快就忘記那人已經跟別人結婚或愛上別人了，何況自己身邊要處理的爛人爛事一大堆，留點力氣比較實在。

雖然現在回想起來，不是太確定自己有沒有因為偶像結婚而感到失落難過，可能是老了吧，開始會想到比較實際的問題，譬如，很喜歡的日本節目主持人明石家秋刀魚，算是我喜歡的偶像，總覺得有這樣的人當「室友」，每天應該都可以開懷大笑，笑到互罵對方是笨蛋，然後在地板滾來滾去。可是就算是心儀的偶像，如果看到他躺在沙發上，挖鼻孔，摳腳，用過的牙籤亂丟，擤過鼻涕的衛生紙隨手丟在地上像扭曲的毛毛蟲或蛆，那我情願偶像就在電視螢幕裡面開心大笑就好。

年輕的時候，總希望跟偶像縮短距離，可以要到簽名、合照，最好能握手或擁抱，那瞬間的觸電大概能讓人從beta版飆升進化到2.0。可是年紀越來越大，會認爲偶像之所以美好，全靠距離相隔產生的美感，倘若眞的成爲戀人或伴侶，那人上完大號之後，你緊接著進去浴室刷牙，站在馬桶邊，就會明瞭，這世界是公平的。

因此，聽說喜歡的偶像結婚了，體內的冷靜開始懂得如何打敗嫉妒跟傷心，畢竟，我只是個未曾與偶像相認的粉絲，在偶像老去之後，沒有帥氣的外表，沒有迷人的胸肌，走路甚至會跌倒，筋骨不好的時候要拿拐杖，那個時候，他身邊必須有人照顧他。一旦這麼想，就會覺得偶像可以爲他們自己的人生做一些世俗的打算，反倒是負責任的決定，所以那些禁止藝人談戀愛的經紀公司，最討厭了。

何況，好多偶像即使辦了盛大結婚典禮，秀出閃閃發亮的婚姻鑽戒，可是過不了多久，就離婚了啊！越夢幻的婚禮，越是王子與公主的結合，越容易破局，不是我太壞心，而是這世界除了所有人上完大號的廁所都是臭的之外，關於「王子與公主永遠過著幸福快樂的生活」這件事情，也沒有百分之百掛保證的啦！

所以，親愛的粉絲們，對於偶像結婚這個事實，千萬不要傷心，老了你就知道，結就結吧，沒在怕的，反正有很大的機率，偶像又會恢復單身，只怕那個時候，你自己已經變心了。

然而，可以因爲偶像結婚這種事情感覺傷心，也算幸福，相較之下，偶像猝逝才讓人心碎。他們會老，病痛的時候需要陪伴，傷心的時候需要安慰，如果他們也能選擇所愛或過著他們憧憬的生活，那就安心去結婚，去選擇所愛，去過想要過的生活。

每個偶像巨星離世隕落，媒體標題就會感嘆一個時代結束，時代一直結束一直結束，偶像凋零變成年華老去的證據，人生就是如此，那也只能祝福他們在天堂一切安好。至於那些青春正好、愛情順遂的偶像們，安心去結婚吧！

不過，我也是老了之後，才這麼豁達的啊！

Part 03

五十歲，到底算不算老？

沒錯，我過了
四十，感覺每年
都像在辦奧運。

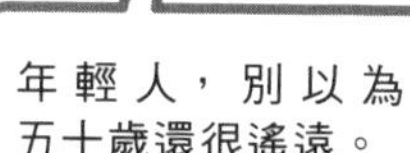

◆

不管是NHK大河劇，電影《大盜五右衛門》，還是電玩遊戲的CG畫面，本能寺之變前夕，總會出現織田信長拿著扇子，移動腳步，緩緩吟唱著：「人間五十年，與天地長久相較，如夢似幻，一度得生者，豈有不滅者乎……」每次看到這段幾乎成爲織田信長「定番」戲碼的幸若舞「敦盛」（註1），總有許多感觸。

織田信長命喪本能寺之時，還不滿五十歲，死前都已經跟夫人說好，得天下之後，要去看看廣闊的世界，那時五十歲未滿的信長，任何決定，都牽動整個日本的命運。

後繼的豐臣秀吉，得知軍師黑田官兵衛打算隱居時，對著官兵衛說：「你也才四十三歲，我不過大你九歲，這時隱居，未免太早……」雖是大河劇之中，竹中直人與岡田准一的腳本對白，現實的秀吉與官兵衛有沒有這段對話，不得而知。不過到了一五九一年，奧州大名「伊達政宗」自動來請降，日本三島（本州、四國、九州）到此統一當時，豐臣秀吉也才五十四歲。

四十九歲的織田信長，五十四歲的豐臣秀吉，在當時已經算是「國家領導人」了。不過，小時候，我曾經認爲，五十歲，應該很老了。

我出生時，父親還未滿三十歲，大概在我三歲時，他就已經是掌管幾百名員工的紡織廠廠長；到我五歲前後，他與人合資創立一家小型紡織廠，那時，他才只有三十三歲；之後，在城外買地蓋房子，騎了好幾年的一二五機車也換成當時很「潮」的「福特六和跑天下」四輪轎車。以我一個小孩的視野看著父親的背影，三十幾歲，是很厲害的「大人」，已經完成「成家立業」的任務。

父親出生於日本時代，家貧，小學畢業就到紡織廠做童工，到他三十三歲創業時，已經累積了二十年的社會經驗，背負員工與妻小的人生責任。然而現今的三十三歲還算年輕，如果是大學延畢或研究所讀好幾年，加上謀職不易，好像也才距離工作起步沒多久，月薪可能不到40K，厲害一點的可以創業，大部分的人應該買不起房子，甚至覺得結婚還早，生小孩也不急。

年齡在世代流轉的過程中，慢慢拭去年輕與年老的界線，即使在人間度過同樣的年分，好像沒辦法承載相同的生命重量。雖然，每個歷史階段面臨的戰亂或和平或衛生醫療水準不同，幾歲算年輕、幾歲已經老了，完全沒辦法拿來重複對號入座。就算同樣的時空背景，一樣的年紀，在國民黨稱之爲「青壯派」，在民進黨已經是「五府千歲」了。

這又想起，我初「認識」外婆時，她也才五十五歲，可是在小孩心中，卻已經是「老人」了。外婆一頭白髮，每天早晨梳成腦後扎實的髮髻，髮髻插著珠花髮飾，重要場合總穿一襲剪裁合身的旗袍，佩戴珍珠項鍊，拿黑色皮製手提包。其他那些見面要喊姨婆嬸婆姑婆的女眷長輩們，年齡應該都在五字頭，最多就是六十多一些，我人生初次意識到的「年老」，大概就是五十歲吧！

這麼說來，剛進入職場工作時，還在二十代中期，當時的辦公室環境，對年過三十歲的未婚女性其實不太友善，一些動不動就被某些主管用來修理這些女職員的說詞，不外乎「因爲年紀太大又沒有結婚所以脾氣怪怪的」。現在回想起來，那些同事也不過是接近三十歲或根本沒超過三十五歲，就這樣被拿來公開修理或私底下說三道四，最慘的是，當時我還眞的認爲她們很老，而我現在卻已經超越當時「很老的她們」，變得更老了。

最近閱讀久住昌之的作品《野武士，一路向西》（麥田出版），久住先生在他五十一歲那年，決定從東京「走」到大阪，選擇的路線正是戰國時代「坂本龍馬」與「西鄉隆盛」

等武士往返京都與江戶的舊東海道。

話說坂本龍馬提出影響日本甚深的「船中八策」當時也才三十歲，而在日本近代最後一場內戰「西南戰爭」末期負傷，以「介錯」（註2）結束生命的西鄉隆盛，也不滿五十歲，這兩個人卻都是影響日本近代歷史甚深的關鍵人物。

好了，回到久住昌之這本書，書中「後記」，提到剛出發時，之所以急著走出東京圈，因為感覺有一股東京引力在背後拉扯，為了擺脫束縛才拚命往前走，「那段路眞的很累！」可是過了箱根，著急的情緒消失了，只是慢慢散步，慢慢將自己往日本列島的西方移動，越走越舒暢。到了伊賀附近時，已經開始以大阪為目標，這時候反倒感覺一股大阪引力在前面帶領著，一路向西。

久住先生說：「這種感覺跟年齡增長一樣。小時候一直想長大，在長大的過程中也覺得開心，這代表大家都想早日遠離媽媽子宮的引力。接著進入少年期、青春期和中年。過了五十歲之後，就進入墳墓引力圈裡。這樣的人每天都想要活得年輕一點。敝人現在正遭受墳墓引力的牽引，奮力抵抗並走出自己的人生……萬事萬物有始有終，為了保持兩極引力的平衡，這個世界存在著不斷移動的點，名為『現在』。我們所處的一切就是『途中』。人生無常。」

不管是四十九歲的織田信長，五十四歲的豐臣秀吉，三十一歲遭到暗算身亡的坂本龍馬，還是五十歲之前就離開人世卻化身雕像守著上野恩賜公園的西鄉隆盛，他們的人生長度，各自有歲月兩端引力拉扯的「現在」與「途中」。

就好像我此生初次意識到的大人與老人模樣，以及年老的定義，也漸漸因爲自己在兩邊引力牽引的「變老」過程中，有了不一樣的想法。記得自己二十八歲那年生日，猛然有種自己已經不年輕的挫折感，好像站在江邊，舉起酒杯對著離岸的青春告別；可是到了四十歲前後，回頭看到那些忙著在三十歲生日之前寫什麼告別年輕宣言的文章，會忍不住在內心嘖了一聲，「往後還很精采呢」……漫畫《灌籃高手》的安西教練不也說過：「現在放棄，比賽就結束了啊……」三十歲就覺得老，往後該怎麼辦？

已經到了可以來上一段「人間五十年」的幸若舞「敦盛」時，感覺自己好像也不是什麼有成就的大人或成熟的老人，心境幼稚的地方還不少，膽怯時有，固執時有，但人間五十年啊，轉眼就逼近，就算現在未滿三十歲的人，可別以爲五十歲還很遠。日本作家高野和明在《幽靈人命救助隊》（獨步文化）這部長篇小說裡，有一段話這麼說：「三十歲過後，時間的流逝越來越快，四十歲過後，有種每年都在舉辦奧運的錯覺……」

唉，不只是奧運，就連每四年一次的世界盃足球賽也有年年舉辦的錯覺。年月日的流逝如按下遙控器快轉鍵，但五十歲其實沒有很老，我也是最近才終於理解的啊！

（註1）：幸若舞「敦盛」

根據維基百科註解：平敦盛是平安時代末期的武士，十七歲時參與一之谷之戰，受到源氏的攻擊而撤退，敦盛騎馬向海上的船逃去。源氏的武將熊谷直實見他逃跑，向他高呼逃跑的武士是可恥的，要他立刻回到戰場，敦盛同熊谷直實交鋒，被熊谷擊落馬下。當熊谷直實掀開敦盛的鎧甲時，發現敦盛無論年齡還是相貌都很像自己的兒子直家，因此猶豫是否要釋放敦盛。但敦盛卻認為被如此英勇的敵人殺死是光榮的，要求將自己殺死，因此直實只得將敦盛的首級砍下。敦盛死後，熊谷直實將敦盛的笛子送往屋島，交給敦盛的父親平經盛。後來熊谷直實因感嘆其年輕生命的驟逝而突然出家。

《平家物語》記載了敦盛之死。後世日本人根據《平家物語》所記載的場面，創作了名叫《敦盛》的能劇、幸若舞和謠曲，以及歌舞伎《一谷嫩軍記》等作品。其中，最廣為人知的就是名叫《敦盛》的幸若舞。這個幸若舞頗為織田信長所喜好，織田信長在臨終之時，曾經吟誦該曲中的一節：

〈人間五十年、下天のうちをくらぶれば、夢幻の如くなり。一度生を享け、滅せぬもののあるべきか？〉

（註2）：介錯

根據維基百科註解：介錯是指在日本切腹儀式中為切腹自殺者斬首，以讓切腹者更快死亡，免除痛苦折磨的行為過程。

當醫生告訴你「定・期・追・蹤・」之後……

◆

是的，任何健康檢查，任何對病情有所疑慮的進一步檢驗，不管醫生和顏悅色、還是不帶感情、或壓低嗓音告訴你，請「定期追蹤」「定期回診」的那一刻開始，人生的奇幻旅程就宣布成團了，歡迎搭乘定期追蹤的列車，駛向未知的未來……

開玩笑的啦，其實多數醫生都帶著鼓勵打氣的口吻，「目前看起來沒事，不過，我們還是定期追蹤」、「我們希望一直沒事，保持現狀最好」……然後，你就陷入多愁善感的迴圈裡……

「請問醫生，病變的機率有多少？」

「不用擔心，只要定期回診，持續追蹤就好……」

「請問醫生，要怎麼預防？該吃什麼？不能吃什麼？生活習慣要改嗎？」

「不用擔心，有時候是體質的問題……」

「請問醫生，如果是體質的問題，要怎麼改變體質？」

「不用擔心，真的不用擔心，只要持續追蹤……」

倘若毫無止境追問下去，醫生說不定會拿出鍋蓋敲你的頭……開玩笑的啦，醫生才不會，重點是，接到「定期追蹤」的指令之後，到底該心安，還是開始擔憂呢？

說好的「定期」，可能是半年一次，三個月一次，一年一次……期限到了，先去掛號門診，然後排時間，短則一週以後，比較熱門的醫院，甚至要等上兩個月。做完超音波、攝影、斷層掃描或一下子想不起來的那種種專業檢查之後，要再等一個禮拜到十天，才能看到報告，如果還要做進一步的跨科別檢查，那就再繼續等。這期間最大的壓力當然是「胡思亂想」，有時候提醒自己不要想太多，有時候又覺得什麼都沒有盤算打點好，似乎會措手不及，於是最壞的打算與最樂觀的期待，這兩種窩居在內心的角色，三不五時，就跑出來打一架。通常在夜裡睡不著的時候最容易想東想西，隔天早上醒來，尤其看見窗外的陽光，就會覺得一切應該沒事。

等到醫生宣布「看起來沒什麼問題，那就繼續追蹤，記得定期回診喔！」剎那間，不曉得該抱住醫生，大喊「揪咪」，還是冷靜裝出不在意的樣子。一副「老娘早就料到」的篤定模樣，其實雙腳抖得要死。總之，走出門診，全身都鬆了，好像打完一個系列戰，或跑完超級馬拉松，領到「完走證書」，沒力氣了。

很快地，下一個「定期追蹤」的日子又來了，又要開始這段輪迴，如果是半年追蹤一次，加上各種檢查的排程與檢驗報告的等待，平均起來，一年大概有將近一、兩個月的時間是處在「等待答案」的胡思亂想狀態。那可不比樂透開獎，不過平心而論，中一億元樂透，跟定期追蹤的「無事」檢驗結果比起來，你選哪個？

過去醫學還沒有這麼發達的時候，病情判斷靠醫生的經驗，現在則是靠精密機器檢查，以往總是拖到末期才被發現，猶如連續劇演的，可以問醫生的問題大概只剩下「還能活多久」，現在則是一丁點的跡象就必須鎖定觀察，戰線拉長，夙夜匪懈。以前一刀斃命的絕症，現在變成長期觀察的慢性對決，大概是那樣的比喻。

有些醫師比較樂觀，有些醫師比較謹慎，這當中有沒有運氣的成分，不得而知。人人都說謹慎一點比較好，可是過多謹慎導致胡思亂想的地步，也是很苦惱，彷彿有種自己隨時都要跟人生買單的多慮，那麼，該把還沒花完的錢趕快花完嗎？那些媒體整日吹噓著「死前應該造訪的景點」還剩幾個？這輩子拚命購買的限量收藏品是不是該整理一下，拿去網拍還是送人？重要的事情交代了嗎？網路一堆ＩＤ跟Password要不要告訴什麼人？兩個禮拜以後才能到貨的網購該不該下單？這時候還去KTV唱歌會不會太開心？那些硬塊、不明陰影會不會一覺醒來就退散？到底該緊張謹慎來面對，還是直接忽視，過平常日子……結果定期追蹤的檢驗報告說沒事，那還是先去吃頓大餐好了，想辦法在下次檢驗之前，過爽一點。

如果過於樂觀，那些埋伏在體內、狀況不明的硬塊、陰影，會不會氣到扠腰，「你這傢伙，太瞧不起人了」；要是過於緊張，那些硬塊與陰影，會不會倚著牆邊，悠悠望著遠方，「其實也沒那麼糟糕啦，只是排便不順，你太神經質了」……

總之，門診、排檢查、等報告的過程，拉得越長，越是折騰，偏偏這種折騰，好像成爲就醫的常態。一般人等待超市結帳就已經不耐煩了，可是等待檢驗報告，或爲了配合健保規定，要多跑幾趟醫院，卻要想辦法捺住性子。諸如此類的人生經驗，將隨著年老，變成處理慢性病的日常作業，誰都逃不了。

到了一定年紀，被迫選擇類似這種SOP的套裝行程，也就對人生產生不同的理解。因爲等待門診、等待檢查、等待報告的耐心已經訓練完備，因此等待KTV叫號，變得比較有耐心，雖然，去KTV唱歌的機會也少了，畢竟密閉空間裡，空氣很差，何況排行榜的歌曲，多數都不會唱了，這才是重點。

當然，人到中年，那些叮囑你要定期回診的醫師，有可能成爲人生最親密的戰友，他們在幫你打麻藥或穿刺切片時，一邊講冷笑話，一邊跟護士聊八卦，藉以減輕你的緊張感；他們很懂得用簡短踏實的語彙幫你打氣，告訴你「如果擔心有用，那就盡量擔心，如果擔心沒用，那何必擔心」……親愛的醫生，這種人生佳句，多麼想要拿紅筆出來畫圈圈啊！

當醫生告訴你，請定期追蹤，定期回診，代表你的人生已經進入另一種模式。有人受不了這過程的折磨，自我安慰應該沒事，因此決定從這個loop逃脫，反正不檢查就不擔心；有人則是遵守規矩，準時向醫生報到，期待領一張延長使用期限的保固書，當成機器定時進廠維修檢驗一樣。

你進入這個階段了嗎？那就認命吧，歡迎加入定期追蹤的人生行程，下一次上車時間，請密切跟你的醫師保持聯繫。

老朋友是必要的

看到彼此年華老去的證據，食量越來越小，眼袋越來越腫，小腹越來越凸，看手機摘下近視眼鏡或拿得老遠，記憶越來越不可靠……

◆

到了年齡的某個門檻，會特別感覺老朋友的存在是必要的，數量不必多，可以談心事談人生挫折談歲月無力感的就好，尤其是可以一起變老的朋友，對於青春老去的種種牢騷可以無限暢談，不僅能壯膽，還能互相取暖依偎，是無用中年最需要的養分。

我說的老朋友，是相識的年分夠老，而年紀也夠老，老到歲月足以浸潤出熟成的醍醐味，入喉可以回甘，而不是青春乍來的青澀烈口。早年仗著青春因此揮動尖銳的刀鋒互砍，因爲害怕寂寞所以恐慌性地結識朋友，同時還隱忍著許多糟糕的友情繼續纏身；年紀大了，認識新朋友的機會不多了，替糟糕友情賣命的力氣也少了，那些糟糕的經驗就留給過去，醃漬成記憶拿來互相挖苦揶揄就好。

只要夠老，還能互相往來的老朋友就像去蕪存菁的濃縮汁液，滴滴鮮明，這樣形容，很難懂嗎？那表示，你還不夠老。偶爾跟老朋友相聚是必要的，甚至，有益身心，可以促進新陳代謝，讓自己變勇敢。聚會的目的是卸下身上的厚重裝備，回復成相識當時的模樣，雖然體重或老態已成事實，可是老朋友在一起就是有辦法reset，耍賴耍爛耍白痴，都不成問題。

這等身骨，誰不是在職場在家庭在網路社群硬撐到筋疲力竭，說話無法暢快，喜怒彆彆扭扭。尤其被年紀追著往前跑，跑得氣喘吁吁時，可以停下來，跟自己一樣老或更老的朋友互相嘲笑互相虧，管你名片上的頭銜是什麼，按照過往在課堂或社團互相扒頭的幼稚行徑重來一回，實在是無與倫比的幸福。

老朋友相聚其實也不愛談現狀和未來，談的都是陳年往事，許多八卦笑話講了又講，彷彿隔夜菜一熱再熱，百吃不膩。默契和笑點都抵達那種一上場就直接進入季後賽，拚個你死我活、笑到肩膀抽筋的程度。在現實生活與職場環境裡，早就沒有讓自己得以盡情打鬧像個亂七八糟不成熟的孩子那樣的機會了，因爲環境不容許，身段不容許，頭銜不容許，我們已經到了那種馱著形象、動輒不自在的老成階段了，可是遇到老朋友，爲什麼又急速幼稚成當年那種沒水準又不夠衛生的傻蛋呢？

可也有變老之後，老朋友因嫌隙誤會而疏遠，或以前交情也沒有多好，遇到聚會場合能閃就閃，這人生階段已經沒什麼好勉強的，被說是固執那就是了。有些事情臉皮特別薄，有些堅持又可以讓臉皮重新厚回來，吃了秤砣鐵了心，往後不要見面就好，人生難得如此爽快；但往後眞的見面，就算內心疙瘩，但記性不好，當年如何鬧翻，可能還要想一下，想不起來也就算了，這樣最好。

可是老朋友的聚會越來越難，各自看起來似乎很閒，但是要湊在一起也不容易，誰要出差誰要開會誰要加班走不開，或要接小孩或是小孩要學測，再不然就明明是不想來還要先答應再臨時爽約，類似這些眞的不能來或突然缺席的事情，畢竟自己也幹過，所以要原諒別人也不太難。這是中年以後的友誼模式，藉口越來越簡單，理解越來越容易，或許是看開了，或許是懶得追根究柢，留一些餘地，往後拿出來當笑料，也不至於尷尬。

一群人從校園的打鬧，到步入職場之後的牢騷，早年一起去參加婚禮，一起集資買朋友小孩的滿月禮物，一起陪失戀或離婚的人去K歌去喝酒去河邊談心，告訴對方不必灰心，因爲大家看似美滿其實也沒有很幸福，然後彼此嘲笑這到底是在演八點檔還是怎麼了。

後來啊，一起參加長輩的告別式，講起未來誰住院誰吊點滴誰就該輪班去推輪椅之類的老後種種，雖有淒涼，但老朋友就是有辦法說得雲淡風輕還兼搞笑挖苦，好像海綿寶寶跟派大星那樣，要當一輩子的夥伴。有些無法輕易說給家人同事長官後輩聽的心事，那些一旦提問就怕被罵蠢蛋的問題，一旦面對旁人就要逞強偽裝的種種，到了老朋友面前，也就不必拘泥了，被罵笨蛋就回一句白痴，這是老朋友之間限定的福利。

所以啊，老朋友是必要的，即使老朋友相聚也看到彼此年華老去的證據，食量越來越小，眼袋越來越腫，小腹越來越凸，看手機要摘下近視眼鏡或拿得老遠，記憶越來越不牢靠，想起那個誰誰誰的名字要折騰好久，可是我們都因爲彼此消遣揶揄而變得更加開心，所以，一起變老就成爲很浪漫的事情，沒什麼好怕的了。

上了年紀・也會有些好事

◆

這幾天重讀《村上春樹雜文集》（時報出版），看到三年前閱讀時，留下的便利貼註記，覺得很有意思。

三年的時間，轉瞬而已，有所感觸的段落跟句子還是覺得很棒，畢竟年紀多了幾歲，體重也多了幾公斤，膽固醇血糖或血壓等指數也不同，讀者與作者都同步變老了。上了年紀之後，如果在閱讀之中找到一些字句剛好與自己的人生經驗吻合，得以互相取暖依偎，其實比微整型除皺拉皮還要讓人安心。

其中有一篇，是村上春樹在二〇〇五年接受音響雜誌採訪的紀錄稿，當時的村上春樹應該是五十六歲。訪談之中提到音樂與音響器材的看法，村上先生說：「年輕時候與其介意器材設備，不如先認眞思考音樂的事比較好，好的音響設備只要在某種程度有錢以後再一一買就行了。年輕時候，音樂和書都一樣，就算條件多少差一點，應該都會自己滲透到心裡來。心裡要儲存多少音樂都能辦到。而且這種儲蓄到了晚年還能爲我們發揮很大的價值。記憶和經驗的收集累積，說起來是世界上獨一無二的寶藏，是只有那個人才擁有的東西，所以比什麼都珍貴。但如果是機器，卻只要有錢都比較容易一件一件地買到。」

確實是這樣沒錯啊，年輕時候，就算介意音響器材好壞，也沒辦法在金錢預算上過於任性，也有過那種使用廉價卡帶隨身聽的經驗，眞的把卡帶「卡」出摺痕來，或手提音響只要是重低音轟轟轟轟就覺得很過癮，但重點是音樂啊，那些歌詞跟旋律都滾瓜爛熟，確實是「滲透到心裡」。等到有辦法採買高檔器材，卻沒什麼興致聽眼前主流新曲，而是重新又回頭去找復刻版。

讀過的書也一樣，好像就跟著自己一輩子，雖無法明確指出究竟吸取書中什麼養分，一旦被問到人生受到哪本書的影響，那些青春時期的閱讀記憶就立刻衝刺過來，搖著手大叫，「選我選我」。

某一天早晨起床之後，竟然唱起小時候學會的一首流行歌，當時很多綜藝節目都要安插一定比例由新聞局強制規定的「淨化歌曲」，大牌歌星可以唱自己的歌，小牌歌星就被分派到淨化歌曲，我不曉得〈五月的花〉到底算不算淨化歌曲，但歌詞還挺正面的。經過好多年了，從頭到尾歌詞一字不漏唱完，我心想，上了年紀之後，到底健忘了什麼啊？明明這麼久以前的老歌，都還能朗朗上口，最近的歌倘若沒有卡拉ＯＫ伴唱帶那樣的字幕提醒，也不曉得原唱到底在唱什麼。這種現象，應該是村上先生說的那回事吧，年輕時候寫進心裡的，已經變成寶藏了。

同一篇雜誌訪談稿又提到：「我覺得上年紀並沒有多少好事，不過年輕時看不見的東西現在看得見了，不懂的事情開始懂了，這種地方讓人高興。變得可以後退一步，比以前更能明確掌握全體了。或可以往前踏出一步，以前沒注意到的細部忽然注意到了。這或許才是上年紀值得高興的事。這種事，好像人生中得到一種收穫般，心情變得好歡喜。當然反過來說，也有只有年輕時才能解讀的音樂和文學。」

畢竟是音響雜誌的訪談，雖然主題是音樂或閱讀，不過放到人生這個層面，上了年紀，眞的是這樣沒錯。年輕時候想不開的事情，現在漸漸想開了，以前覺得憤怒的事情，現在終於有點釋懷了，不懂的地方雖然有些懂了，仍有一些依然無解，但因爲上了年紀，如果一直想不透，好像也沒辦法，那就算了。不管往前一步或退後一步，都變成身體自然反應，也沒有勇敢或膽小那麼嚴苛正經的界線，說到底，這眞是上了年紀讓人覺得歡喜的事情吧！

上了年紀，普遍會看開的，大概是失戀分手這件事情。年輕的時候被甩、被發好人卡、被劈腿，或僅僅是自然而然就沒有聯絡，那個「卡關」的過程，實在很痛苦。如同玩Candy Crush，好長一段時間都卡在同一關，死了五條命也只能繼續等待時間修復之後，重新再拚五條命，哪天突然破關了，雖然不曉得怎麼過的，總要握拳開心一下，再繼續衝下去！

上了年紀之後，自然就知道分手也不至於造成世界毀滅，不管後來各自婚嫁，或各自經歷離婚，或某個人持續單身，某個人繼續花心，或從此沒有聯絡，即使偶爾聽說對方過得如何如何，甚至有機會又碰面，成爲可以聊天敘舊的朋友，最後，好像都可以雲淡風輕。就算重逢瞬間很激動，但是說再見以後，又能夠從容回到原本的日子，然後也就理解，當初眞的沒辦法在一起，也不是沒有道理。有些人一旦分手了，再過幾年，甚至連名字都想不起來，畢竟上了年紀，記性越來越差，腦袋空間要儲存美好的事物，腐爛的戀情和無緣的人，就要想辦法清空，這不是無情，這叫「走出去」，上了年紀，就知道是怎麼回事。

所以看到那些因爲分手而互相傷害對方的社會事件，會忍不住在內心大叫，分手就分手吧，「下一個路口還有機會遇見正妹跟小鮮肉啊」……僅此而已就詞窮了，畢竟不是擅長寫兩性愛情的專家，據說因爲愛不到而失去理智做出傻事的人也聽不到旁人的勸，等到自己上了年紀，也許能理解。不過最近有七十幾歲的「長輩」，面臨劈腿分手也冷靜不到哪裡去，所以下修投票年齡眞的可以考慮，因爲成年之後不見得比較理智，這倒是很汗顏啊！

上了年紀之後，在網路與人爭辯的戰鬥力也衰退了，理解就理解，不理解也沒關係，意見相左或覺可惡之人，想辦法同理對方的憤怒之後，偶爾也反向思考會不會自己才是笨蛋。又因爲吵架之後要重新快樂起來必須耗費的心力讓人覺得很討厭，那就避免正面爭吵，意見不同就不要互加好友，反正原本就沒什麼交情，封鎖或被封鎖就當成人間際遇，這也是上了年紀之後的好事之一，雖然有點弱，但無所謂。

自此之後，人生在乎的事情不一樣了，以前難過到死去活來的種種，現在眉心揪一下，轉身，就過了。不曉得是看開了，還是冷漠了，偶爾還是會做一些愚笨的蠢事，復元能力又沒有年輕時候那樣厲害，所以才變得小心翼翼，這也算好事。

不曉得其他上了年紀的人怎麼想，我自己覺得許多能力持續衰退中，唯有自得其樂的本事似乎還不錯，對於那些天荒地老的諾言倒是覺得不耐煩。人生到了中段，只要專心把垃圾清出來，把心愛的人事物攬得緊緊的，這樣就好。

那麼，上了年紀的大家，一起來唱這首〈五月的花〉吧！

想和媽媽牽手去散步……

我們終將無可避免地，也被老衰拿著橡皮擦，將一路走來或長或短的一生之線逐漸抹去，然而，也沒什麼方法做準備了，那就盡力過好眼前的每一天吧！

——讀井上靖的《我的母親手記》

◆

距離電影，已經一年了。一年的時間，讓我閱讀井上靖的原著小時說，有著距離入味的美感，更加能夠感受電影和文字互相提示呼應的用意。

究竟要先看小說？還是先看電影？在我來說，沒有絕對的順序，但是中間相隔一段時間是必要的發酵過程。小說有電影無法交代的內心世界，而電影有小說無法抵達的聲光空間，不管是原著小說或改編自小說的電影，都是獨立的作品，沒有誰不得背叛誰的問題，影像與文字各自呈現的力量不同，倘若眞的喜歡，小說和電影，缺一不可。

我看電影當時，對於影像飽滿的昭和風味與色澤，非常入迷，役所廣司和樹木希林的母子情分，已經超越洗鍊的演技，彷彿他們就是現實生活裡的眞實母子關係，而宮崎葵的孫女角色，更突顯於小說之外，有更多延伸，因而變得很關鍵。直到一年以後閱讀小說，我更加喜歡井上靖的文字，以及譯者吳繼文的翻譯工夫，影像回歸到文字之後，回沖還原成另一種味道，是非常動人的。

對於失智的母親，在年老之後，逐漸在記憶和遺忘之間反覆折磨的種種，井上靖以「私小說」的形態書寫，猶有一種超越小說的眞實坦率。老派文豪的用字向來都有再三琢磨的功力與誠意，井上靖的文字更加優美，但那優美不是不著邊際的炫技，而是有著扎實的情感後座力，我十分羨慕這樣的文學表現，然而那已經超脫文學的範疇了，畢竟書寫的，是親情的內裡，很深層的心境。

小說故事中，逐年失智的母親，卻常常憶起少女時期愛慕的少年，「被時間所侵蝕的母親，言談與表情卻帶著一種與老衰無關的哀愁。老年人獨特的樂天笑聲也好，偶爾瞥見的釋然表情也好，我們都應該有退後一、兩步默默注視的必要。」

一般人進入老境，過往的一部分記憶或許牢牢記住或許消失無蹤，「對自己兒女的關心程度和年輕時候比起來，也所剩無幾……或許母親是讓橡皮擦將自己一路走來長長的人生之線，從一端開始抹除淨盡了。當然這並非出自母親的本意，拿橡皮擦的是老衰，教人無可奈何的老衰，它將母親數十年人生之線，從最近的地方逐漸擦拭一空。」

電影之中，飾演年老失智的母親角色是樹木希林，她在高大的兒子役所廣司面前，反倒變成牽性的女兒那般身形渺小，經常在深夜的屋內，尋找那本記錄著老伴過世當時參加告別式親友的奠儀冊子，偶爾跟寫作空檔休息的兒子坐下來喝杯茶，然後看著不遠處書桌的方向，對兒子說：「以前每天在那邊寫東西的那個人死了。」

「母親那輕飄飄的肉身充滿難以捉摸的無常之感……」我回想一年前看過的電影，樹木希林的模樣，確實有那樣的味道。

作者書寫到母親過世之後，長年照顧母親的妹妹以手指止住即將奪眶而出的淚水，替母親說出臨終感言：「沒有拖拖拉拉，說走就走，很像奶奶的作風，『現在開始我就自由自在，無憂無慮啦，你們應該不知道吧，我坐的可是貴賓席喔！』」

井上靖在小說之中提到一個名詞，所謂的「塵勞」這種東西，「或許只會積壓在女性的肩上，那是漫長的婚姻生活中，無關愛恨，做丈夫的只會留給自己妻子的東西也說不定。一天天，說不上是恨的恨意緩緩積存在妻子肩上，如此一來，丈夫成爲加害者，而妻子就變成了受害者……」

也因此，本來應該肩負起照顧母親責任的長男家，母親始終神經質地充滿警戒，「給自己的女兒照顧就罷了，住到有外人在內的兒子們家，門兒都沒有。這輩子從沒謹小慎微生活過一天，到這麼老了還要在兒子家爲了怎麼拿筷子而戰戰兢兢我可不幹……這些話母親說了又說，不管在誰看來，都是脾氣古怪、冥頑不靈。」

然而，這樣被老衰的橡皮擦拭去記憶的母親，「在漫長而激烈戰鬥中，一個人孤獨地奮戰著，奮戰終了，如今成爲一小撮骨頭的碎片……」當井上靖寫到家裡的長男捧著骨灰罈上車時，總覺得，電影也好，小說也罷，那不就記錄了身爲人母人子的某種深沉的情感嗎？我因此慶幸在這樣的人生階段，讀到如此動人的文字，那無疑是種貼心的提示了。

闔上小說，會想要找個時間，跟母親坐在午後的廚房聊些事情，或是，牽手去散步。而總有一天，我們終將無可避免地，也被老衰拿著橡皮擦，將一路走來或長或短的一生之線逐漸抹去，然而，也沒什麼方法做準備了，那就盡力過好眼前的每一天吧！

笑忘・人間的苦痛，唯有甜美

記住故人生前最美好的模樣，說一些共同經歷過的趣事糗事，應該就是最好的送別與思念吧！

◆

幾年前一個接近正午的時間，正要準備午餐的母親，接到一通電話，得知一位熟識的友人突然過世。掛掉電話之後，她拉開椅子，坐在餐桌前，說那位太太住在附近，前幾天才來收了慈善捐款，人看起來好好的，怎麼突然睡個午覺，就沒醒來，離開了。

母親開始談一些友人生前的瑣事，也無嘆氣，沉默幾秒鐘，說那樣也好，沒有痛苦，算好命。接著就轉身，站在廚房水槽前方，扭開水龍頭，開始洗菜。與人相遇相處的轉折，在那瞬間，畫下一個標點符號，母親又回到主婦的日常。

當時，我很訝異母親對於好友離去一事，表現得如此淡然，彷彿一杯透澈的白開水。對於生，我們充滿喜悅，對於死，我們充滿畏懼，成長過程，始終這樣經歷著悲喜輪流到訪。直到年紀大了，對於生死，有了比較不同的想法，也進入透澈白開水的階段了。

年紀很小的時候，起碼在中學之前，對於死亡，大概等同於「鬼」的想像，那時既有害怕的情緒，又有強烈的好奇心，喜歡看鬼故事、看鬼片，想像人死之後去了什麼地方，變成什麼模樣。同儕之間穿鑿附會，有辦法吹噓各種靈異經驗的人，就取得友情之中足以炫耀說嘴的優勢。

我自己面臨至親過世的最初經驗，應該是國中的時候。阿公的喪禮還是很老派傳統的鄉下儀式。棺木就在三合院中央的大廳，神明桌用白布覆蓋，不同的日子要做不同的「旬」，還外聘孝女白琴和五子哭墓。子孫要按照輩分披麻帶孝，有許多禁忌，也有許多規矩，媳婦早晚要「拜飯」，還要哭出聲音，才有辦法在鄰里之間博得孝順美名。那時比較震撼的是，孝女白琴拿著小型麥克風，跪在地上嚎啕大叫「阿爸阿爸」，可是一轉身，結束工作，臉上還畫著類似歌仔戲的濃妝，隨即退下到角落跟旁人聊天，甚至大聲笑出來，露出不太整齊的前牙。當時還只是國中生的我，面對那一幕真是驚嚇，她到底怎麼辦到的？

往後就一路這樣，在長輩的婚禮、長輩的告別式、同輩的婚禮、同輩的告別式之間，輾轉試煉自己對於相遇離別的心臟強度，悲喜參雜，很害怕自己漠然無情，但每個清晨醒來，照例又要過日子，總也參透出人生滋味。

最捨不得的，往往是相處的回憶，以及往後沒辦法見面的遺憾。但也靠著那些回憶支撐著又重新走回日常，親友離去的形體也就跟著變成沒有掛礙沒有病痛的模樣，繼續跟自己相處，一起老去。譬如那些泛黃的照片、留在Beta或ＶＨＳ錄影帶的模樣，甚至，偶爾會來入夢，夢境到底是故人來自天堂的訊息，還是自體心理療癒的機能使然，總之，作完夢之後，內心似乎舒坦一些，尤其看到他們都過得好，生前的病痛或是年老的模樣，全部都消失了，只是和我活在不同的頻道，沒辦法用遙控器轉台，有事情想要傳達，就在心裡默默說出來就好。

我是多夢的體質，夢見阿嬤投胎到日本九州一家醬油老舖當女兒，夢見四姑來聊天。夢見漢口街阿姨穿著碎花洋裝，拉著行李箱，在一處看似機場空橋的走道上，陽光燦爛，回頭向我揮手道別，說她要去旅行了，而她的模樣，竟是三、四十歲那時的風華，碎花洋裝的裙角，在風裡飄起來……

夢境回轉醒來，枕頭好像還殘留與她們對話的餘溫，原來她們都過得不錯啊，那我也要努力把自己顧好才行。

有一晚，爸媽一起觀看姊姊結婚的影帶，畢竟是二十幾年前的事情了，他們一邊看著攝影鏡頭循序掃過喝喜酒的賓客臉龐，好似跟過往的回憶重新敘舊一般，「啊，這傢伙現在中風了。」「啊，這個死了。」「啊，這個也死了。」「哇，這個人看起來好年輕。」「唉呀，這個人當時怎麼瘦得跟猴子一樣，現在肥得像豬。」……影帶結束之後，兩人竟然扳起指頭開始計算當年出席婚宴的賓客總共有幾個人已經離開了……然後哈哈哈，笑了出來。我心想，這到底是怎麼回事啊？

後來看了日本電影《不思議幸福列車》（旅の贈りもの——0：00発），劇中有一幕，因為男友劈腿而孤單來到小島旅行的ＯＬ，恰好遇到島上一場告別式，島民穿著黑色喪服，前去齋場的路上，有說有笑，ＯＬ不禁牢騷，這些人也未免太不謹慎了吧，到底是帶著什麼心情去參加告別式的啊？小島醫生告訴她，不就是帶著祝福友人出發遠行的心情嘛！

所以，爸媽偶爾起個大早，如日常那樣吃完早餐，穿著素色西裝套裝，前去參加友人的告別式，拿著回禮的毛巾返家之後，淡淡訴說著故人生前的事情，講到趣事糗事，又忍不住大笑，笑到口水嗆著。

中年過後，我漸漸知道那微妙的祝福之意，記住故人生前最美好的模樣，說一些共同經歷過的趣事糗事，應該就是最好的送別與思念吧！

不如就這麼想像，他們搭乘早一點的班機出發了，已經找好住宿飯店，先去參加當地套裝行程，他們可能去聽了美空雲雀或鄧麗君的演唱會，還順便買了鳳飛飛的live門票，說不定阿公開始聽尾崎豐的抒情搖滾，外婆喜歡上X Japan的吉他手HIDE，那裡的食安有林杰樑醫師把關，Robin Williams繼續拍幽默的電影，李小龍的雙節棍更厲害了，Michael Jackson除了月球漫步還會天國漫步。

留下來的我們，只有盡心盡力讓自己活得沒有遺憾，才有辦法讓提前出發的那些摯愛的人，能夠安心開始他們的天國旅行。就如同五月天阿信在歌詞裡面說「笑忘人間的苦痛，只有甜美」，有一天，我們總會在天國相會啊！

人生盡頭如何收尾・怎麼葬

◆

對於死亡，從小就被長輩耳提面命，絕對不要踩到一些禁忌，譬如，不能穿黑衣，男生不可留鬍子，大門不能一扇開一扇關，那是喪家才有的事情。抱小孩子只能讚美「壯」或「肉肉」，不能說小孩「重」，那是對屍體才有的形容詞。高齡長輩面前，不可以談論他們的身後事，包括如何葬、財產如何分，因為不吉利，不孝順。

喪禮的規矩和禁忌更是繁複，規模大小和「動員」人數多寡，攸關喪家子孫的地位和面子。小時候，父親工作的紡織廠老闆家裡辦喪事，動員日夜共三班員工，聽說「非常熱鬧」，父親早早就提醒母親帶著我們幾個小孩到中正路「林百貨」附近卡位。那時我根本分不清楚廟會跟喪禮的差別，都有嗩吶鼓吹，咚咚隆咚鏘，有辦法搞清楚陣頭是出現在廟會而不是送葬隊伍，也是長大以後才有的能力。

告別式跟喜宴一樣，前者讓家屬療傷，後者讓長輩開心，輓聯跟喜幛是人情人面的實力，子孫滿堂最好命，喪禮辦得風光，已經變成人生圓滿的普遍定義。

自己也經歷好長一段時間對於死亡的畏懼，經過喪家就快步遠離，遇到送葬隊伍就懊惱當天運氣不好，參加完告別式就要想辦法摘幾片榕樹葉子放在口袋裡，告別式拿到的毛巾只敢拿來擦車，朋友要是提起預立遺囑或預購靈骨塔的事情，就開始擔心，問對方還好吧！

家裡長輩如果邊剔牙邊交代，以後不要電擊急救，子孫也不要披麻帶孝，走的時候要穿哪件衣服，配哪雙鞋子……聽著聽著，內心開始翻攪，這種事情講得這麼坦白好嗎？又不是在討論等一下晚餐要吃什麼，到底是怎麼回事啊……

然而，生命就是這麼奇妙，進入某個年齡階段，身體也就開始分泌應對生老病死的覺悟，預想這類的事情也不會覺得不吉利，而是深謀遠慮。經過路旁喪家，會在內心合十默禱；遇到送葬隊伍，就目視祝福祈求一路平安去當無掛礙的仙；告別式拿到的毛巾，想要怎麼使用就隨意，畢竟是逝者與家屬的心意，有思念的溫暖。

日本大物級的資深藝人愛川欽也先生在四月過世，《夕刊フジ》刊載了一則專題報導，提到愛川先生在去年冬天發現罹患肺癌，從醫生那裡得知餘命宣告之後，並沒有住院進行「延命治療」，而是選擇在最熟悉的家裡，度過人生最終的日子，亦即所謂的「在宅死」。根據醫療記者的觀察，由於照護保險制度的推廣，透過醫護人員的居家往診探視，選擇「在宅平穩死」的例子越來越多。另外，「醫療法人社團重光會」理事網野皓之醫師則表示，「選擇『在宅死』的深層心理，其實是渴望『死亡當時是自由的』，不是物理上的自由，而是精神上的自由，唯有在自己家裡才辦得到，猶如野生動物在面臨死亡時，也希望回到森林，這是萬物的『歸巢本能』使然。」

然而，「在宅死」雖是患者心願，不只醫療支出，還包括家人和看護的負擔，的確要比「病院死」來得沉重，不過網野醫師預期，未來選擇「在宅死」的案例會越來越多，比起醫院的增設，在宅醫療的擴充也要被正視。患者這方對於死亡的接受意識逐漸改變，而一直以來，醫生對於「不管什麼患者都要救活」的做法，好像也到了重新思考的時候。

考慮到人生如何收尾，也不是嚥下最後一口氣就算了，所謂身後事，才正要開始。

如果死後的軀體可以自動分解，化爲一縷輕煙，融入大氣之中，無嗅無害也不占地方，生前種種就留給親友思念，形體不會再衰老，不會有病痛了，那應該是最美好的句點。可惜，當事人就算如此瀟灑，活著的人未必有辦法看得這麼開，何況還要應付世俗的眼光和親友的嘮叨，即使當事者有交代，爲了避免當下的愧疚和往後的遺憾，能夠辦一場風光的喪禮，租到最大的告別式會場，掛上高官賢達的輓聯，會場有典雅的花，捻香送行的人，答禮的家屬，熱鬧風光，送走故人，也就完滿。

有一陣子，網路不斷轉貼作家茂呂美耶在部落格書寫的一篇文章，「死後不舉行喪禮，不要墳地，日本人選擇『零死』的比率正在增加」（http://m-miya.net/blog/japan-funeral.html）

所謂「零死」，也就是不舉行喪禮，不購買墳地，不留骨灰，一切歸零。就此從人生舞台「裸退」，最初如何生來到這世間，最後也就兩手空空離去。如此決定或許瀟灑豁達，其實殘酷的現實面才是大問題，畢竟辦一場喪禮，或找一處死後在人世間容身的塔位，還眞的很花錢啊！

小時候，清明節返回鄉下老家，都會跟著親族長輩到村外長滿雜草的墳地，找尋阿祖的墓碑。那時我站在大太陽底下，十分憂心煩惱，那些越來越沉入地平面的墳地，到了一百年、兩百年之後，誰來拔草、誰來祭拜他們？

有時候也會擔心那些作爲投資或預售物件的靈骨塔位，一百年後、兩百年後，變成什麼模樣？經營者會不會破產？有沒有空間繼續出售取得新的收入？有沒有人記得來探望過世好幾代的祖先呢？會不會到了那時，已經有更先進的「技術」出現，眞的能夠無嗅無害不占地方呢？

到了我們這一代或下一代，生活很吃力，房子也未必買得起，平常在網路看似交遊廣闊，當眞要辦活動也會有「萬人按讚一人到場」的尷尬，倘若是以「零死」作爲人生舞台裸退的告別作，不要麻煩太多人，也不要花太多錢，應該是可以接受的吧！

台灣已經是「無緣社會」的預備軍

活在這世間，對人好一點，對自己好一點，至於，那個時候到來了，有緣或無緣，如何收尾，畢竟，都已經寫下人生的句號了。

◆

二〇一一年前後，第一次在日本網站發現「無緣死」這個名詞，透過關鍵字搜尋，連結閱讀一篇又一篇案例，也看過不少NHK的專題報導，對於無緣社會裡的「孤獨死」或稱之爲「無緣死」，從一開始的驚懼、焦慮到接受、思考，輾轉想像自己的老後，每每都覺得，人的一生，果然不輕鬆啊！

即使眼前的自己仍然有家人、朋友，以及工作上的夥伴圍繞，但是獨居的生活形態還是形同碰觸到「無緣死」的擦邊球，已經來到人生折返點的年紀，仍然會不時思考所謂的晚年或離世的事情，可惜這些事情，就算自認爲做了萬全準備，好像也無法安排到位，否則怎會有世事無常的說法呢？「都不知道明天或無常，哪個先來」，約莫是這個意思。

NHK從二〇〇九年開始著手這系列的追蹤報導，源自於「窮忙族」（working poor）的企劃曾經追蹤報導一位男性，後來這位受訪者卻失聯了，因爲該受訪對象無依無靠，「說不定就這樣在某個地方一個人孤獨地死去了」，失去連結的社會，失去緣分的社會，所謂「無緣社會」的新詞彙，就誕生了。正式的採訪編制也因此成形，由七位記者、一位導播與兩位攝影師組成，透過政府公告的「行旅死亡人」資料，總共追蹤了一百多人的人生，由市、町、村等行政機構的調查資料得知，在日本類似這樣無緣死的案例，一年就有三萬兩千多件。「原本過著平凡生活的人，一點一點地失去與社會的連結，一個人孤獨地活著，然後孤獨地死去。」

NHK這系列紀錄片引起相當大的震撼與迴響，「無緣社會」不僅成爲十大流行語，整理成文字紀錄的《無緣社會》一書，還獲得「菊池寬賞」的肯定。

所謂「無緣死」，亦即在沒有親友的環繞與陪伴之下，孤獨死去，無人知道死者的姓名，無人清楚死者生前的種種，在獨居的屋內因病或意外死去，或「不明原因的自殺」「死在路邊」「餓死」「凍死」……往生之後無人認領，由地方行政機關代爲火化並埋葬，無人送終，或即使聯絡到親友，卻遭到「拒絕認領」。要是親屬無人認領，又沒有寺廟收容，「大概就當成垃圾處理掉」……

高度的都市化之後，由地方鄉鎮來到大城市工作的人，漸漸和故鄉親人失去聯繫，等到雙親過世，甚至連可以回去的地方都沒有，倘若自己又因爲失業跟公司同事失去連結，因爲離婚失去跟伴侶和兒女的連結，所謂的無緣死，也可能發生在你我身上。

透過ＮＰＯ團體事先簽署了「直葬」契約的人，有些是領取生活補助的獨居者，或單身、喪偶、膝下無子、或與親人關係冷淡，他們出生的時候都是爲人所愛的新生命，到了人生最後一刻，能替他們送終的卻只有殯儀館員工，因此也不需要昂貴的守夜與告別式，直接火化，反正沒有親人家屬前來，只由殯儀館員工替他們上香、撿骨，跟毫無血緣的陌生人合葬。

自從ＮＨＫ開始播送這系列專題報導之後，網路也湧入大量留言，留言數量甚至超過三萬筆。在都市獨居工作或打工維生、靠網路Twitter抒發心事的族群，也開始注意到自己非常有可能是「無緣死的預備軍」，紛紛留言：「無緣社會並非事不關己的事情」「再這樣下去，我也會無緣死」……

過去以家庭和市町鄰里緊密關係作爲基礎的生活形式已經改變，各種速食餐廳林立，只需跟店員簡短交談就能解決吃的問題，在便利店購物甚至一句話都不用說，只要將商品拿到櫃檯結帳就好，而使用手機簡訊或電子郵件就能避免跟人接觸。人際關係薄弱之後，因爲不會有朋友來家裡作客，就不用打掃，生活也就越邋遢。一般人以爲高齡獨居者才會出現的「無緣感」，卻逐漸衝擊到三、四十歲的世代，「就算不和人打交道，也能夠一個人輕鬆生活……一個人生活蘊藏著無緣死的風險，不過這種生活方式很舒服卻也是事實。」

日益淡薄的親情，單身化的時代，繭居在家的年輕啃老族，失業又失婚的中年世代，貧富差距拉大的經濟弱勢者，都將是無緣死的預備軍。日本陸續出現的老人失蹤案，以及子女隱瞞高齡雙親已經死亡的事實，將父母屍體裝在背包或鎖在房內或櫥櫃，持續領取年金藉以償付房貸或作爲微薄的生活費用，這些現象，會不會在台灣已經發生，只是我們沒有察覺而已。

前些日子，台灣出現這樣的報導，四十歲以上的男性單身者，越來越難租到房子，因爲房東普遍認爲，這樣的族群一定有個性缺陷與人際關係的問題，雖是先入爲主的歧視觀點，然而這或許也是無緣社會的一項警示。

面對無緣社會勢必會發生的無緣死，除了心理準備，還有實質形式上的老後安排，我們的政府，以及整個社會政策或ＮＰＯ組織，甚至我們自己，準備好了嗎？

而或許，什麼樣的準備都抵擋不了所謂的無常，我們既然貪戀某部分的自由與率性，就要承擔可能孤獨離開的風險，但這世間不就是孤獨地來，孤獨地去嗎？這麼說，好像又太過逞強了。總之，活在這世間，對人好一點，對自己好一點，至於，那個時候到來了，有緣或無緣，如何收尾，畢竟，都已經寫下人生的句號了。

「臨終活動」的積極意義

「死亡這種事情，完全無法預期啊，與其擔心，還不如每天吃好吃的東西，這就是我的『終活』計畫，呵呵呵！」

◆

近幾年在日本相當流行的「終活」（しゅうかつ）一詞，最早出現在二〇〇九年的雜誌《週刊朝日》連載專題，二〇一〇年還入圍當年度的「流行語大賞」。以「終活」爲主題的書市出版品蔚爲風潮，甚至成立相關的社團法人（終活カウンセラー協会http://www.shukatsu-csl.jp/）。

終活，臨終活動的簡稱，「爲了迎接人生終點所進行的準備活動」，除了告別式與墓地的選擇、財產的處置之外，其實還有其他精神層面與實質行動的準備。

當然這名詞是對比於「就活」與「婚活」，也就是學生在畢業之前，參與企業面試的「就業活動」，以及適婚年齡男女，爲了提高結識異性與結婚機率所進行的「結婚活動」。總之，以就業和結婚爲目標的活動，就如同「迎接人生終點」所要進行的準備一樣，尤其在三一一地震之後，「談論死亡」已經不是什麼避諱的禁忌了，而是「不造成親人困擾」，必須提前準備的人生課題。

二〇一二年，長期以中文書寫部落格的日本人東京碎片（Uedadaさん）出版了《絆：後311，日本社會關鍵詞》（貓頭鷹出版），其中一個篇章，談論到「考慮自己死後」的問題，讀來相當震撼，彷彿有人拿了一根榔頭，在自己的腦袋重重敲了好幾下。

該篇文章提到，二〇一一年開始，在日本出版市場，有一個款式的筆記本成了暢銷商品，名爲《もしもの時に役立つノート》（以備萬一筆記本），Uedadaさん特別註解，所謂「もしもの時」不是防備災害的意思，而是指「自己因不測之死，或者因傷病昏迷不醒，使得家人不知所措的時候」。

這種形態的筆記本，也可以稱之爲「Ending Note」，就是把自己身邊的重要信息，包括死後的喪葬事宜、財產處理等等事情，趁自己腦袋清楚的時候，先做決定，雖然不像正式遺書有法律效用（因爲不是大富翁應該也沒有財產的紛爭才對），但起碼可以記下一些好友的通訊聯繫方法、常用的網址和登入ＩＤ與密碼、保險單和營業員聯絡資料、投資基金的理財專員電話等等。畢竟現代人有很多事情都透過網路雲端認證處理，個人在工作或日常生活聯繫的管道與對象，即使是關係很親近的家人也未必清楚，基於「不要造成家人太多困擾」的貼心，還是事先整理出來比較妥當。

類似這樣的筆記本，原本設定的目標族群是老年銀髮族，沒想到筆記本上市之後的主要購買群，卻是那些不到五十歲，向來很少意識到死亡的中年人，甚至許多人寫好筆記本之後，會放在爲災難準備的逃生包裡面。

書中也提到所謂的「生前整理」，亦即「設想自己死後，處理好自己擁有的東西」，文中提到一個報導性質的電視節目，採訪一位住在東京首都圈的老婦人，因爲前去災區做了一陣子義工，對人生有了新的體悟，原本捨不得丟棄的老公遺物一直放在一個房間裡，但是三一一之後，她開始思考，「自己死了之後，這些遺物就變成廢物，會給別人添加無用的麻煩」，於是她開始整理，決定哪些遺物是需要的，那些必須丟棄，就這樣，她與老公告別，走進自己的新生活。

雖然，就思念親人的角度來看，這樣子似乎有點無情，可是作者在文章結尾寫下這段文字：「凡是人，意識到了世上沒有無限和永遠，才會發生珍惜現有東西和時光的心情，無論金錢、資源、還有人生，統統都是。」

「生前整理」應該也包括在「終活」裡面，尤其面臨少子化與人口老化的問題，孤獨終老已經成爲必然要面對的現實。也不只是老年人，即使是年輕人也一樣，單獨來到都市奮鬥的獨居者，也要面臨「孤獨死」的問題……在屋內孤獨一人死去，多日後，才被鄰居發現。

也因此，「終活」好像不只是葬儀業者的商機而已，還變成一種激勵生者的課程，甚至成爲電視節目的主題。

前些日子，我看了日本頻道播出「終活」企劃，該節目採訪兩位終生未婚且獨居的八十代女性。其中一位說她的「終活」計畫，就是在九十歲以前，持續跑步，以締造高齡跑者的短跑紀錄爲目標，繼續努力。另一位則是至今仍然每年舉行公開鋼琴演奏會的音樂家，當她被問到：「擔心孤獨死的問題嗎？」這位每天都煎一塊牛排來吃的優雅女士說：「死亡這種事情，完全無法預期啊，與其擔心，還不如每天吃好吃的東西，這就是我的『終活』計畫，呵呵呵！」

看過兩段採訪影片的其中一位節目來賓非常驚訝，說他自己雖然還在中年，但是對死亡已經開始恐懼，擔心有一天，應酬喝完酒回家，剎那間就倒臥路邊，死了。

也是節目來賓，已經六十六歲的資深女歌手笑著接話：「如果是那樣無病痛地死去，也是幸福啊！」

其他來賓被問到各自的「終活」計畫是什麼？有人說，要開始上網玩Twitter；有人說，要把家裡不該被看到的東西先收好；那位白髮的六十六歲女歌手說，她沒有結婚，一個人獨居，因此把屋後的公寓整修出租，租金比較便宜，但是租屋房客必須允諾要分擔她的終老照料，但也不是那麼麻煩，只要察覺她屋內的燈沒有亮時，去敲門關心一下就好。

該節目最後邀請兩位來賓，挑選自己將來臨終時要穿的「壽衣」樣式，穿好之後，躺在棺木裡面，靜靜獨處幾分鐘，據說，這也是坊間「臨終活動」最受「歡迎」的項目。

躺在棺木裡面的兩位來賓的反應是，「好寂寞啊！」「原來跟大家告別是這麼一回事！」「腦袋突然清楚得不得了！」

但兩人不約而同在爬出棺木時，都說他們對人生有了很積極的想法，該去做些什麼，該對身旁的人說什麼話，什麼該投注心力，什麼可以放棄，不要計較了。

活著的時候，爲了爭奪名利而逞強，甚至劍拔弩張，漸漸忘了什麼是自己堅持的，什麼是莫忘初衷。如果有機會模擬自己臨終的狀態，體驗自己躺在棺木中，蓋子闔上，四周陷入黑暗靜寂，那個時刻，是怎樣的心境呢？

臨終活動，可不只是做好「生前整理」、挑好「死後的墓穴」而已，起碼應該是死亡來臨之前，也要抬頭挺胸，毫無後悔地活過這輩子才對啊！

很高興自己漸漸可以思考這些問題，內心沒有絲毫抗拒，就某種程度來說，也算是人生的進化，變老的一種智慧吧！

前進吧！好奇

一直學習才會覺得未來好歡樂，不至於窩在家裡看政論節目和本土劇，哪裡都不想去。

◆

人啊，到底進入什麼階段，才是眞的老了？

年齡是一個標準，身體狀況也算量尺，但心態衰老恐怕才是歲月的敵人。比較起來，眼袋或皺紋都算小事，當成歲月的印記也就不會太在意，等到年紀來到一個門檻，給人容光煥發的印象，可能不是外表的青春而是對新事物新科技新流行的好奇心，畢竟臉皮五官再怎麼保養，再怎麼花錢整型，該鬆弛該下垂的，根據地表的自然規律，應該都閃不掉了。也許有辦法靠人工方式暫時延緩，但延緩一次之後還要繼續進行後續的防禦工事，從此走向一條通往錢坑的不歸路，除非手頭可以運用的閒錢很多，否則也是負擔。

但眞正讓人「不顯老」的，反而是心態，心態若能持續保鮮，足以超越任何醫美療程，而且無須麻醉動刀，也不必上手術台，做什麼脈衝光或打什麼玻尿酸的。也許每個人對於年紀的觀感不同，比起凍齡的美魔女或不老帥哥，倘若看到打ＬＯＬ的阿伯或是滑手機看即時新聞的阿嬤，反倒會覺得眼睛一亮，眞青春啊，帥！

譬如我這個世代，約莫在學生時期修過Basic、COBOL、Fortran，寫過程式，靠PE2做文書處理，用過比Excel還要更早的Lotus語言，等到www出現時，靠奇摩交友聊天室或明日報個人新聞台認識網友或找到人生伴侶的大有人在。雖屬同齡，但是熟悉新科技的速度和意願各有不同，開始玩ICQ的時候，同學覺得我這傢伙實在很奇怪，跟未曾謀面的陌生人都可以交談，而且打字速度超快，卻越來越討厭講電話聊天。後來開始玩MSN，跟辦公室座位對面的同事連講個話都嫌麻煩，只要send個短訊，直接說重點，變成職場快速溝通無須閃爍其辭的禮節，也不必登記會議室開會，結論就出來了。

好不容易大家開始玩「無名」，總算知道我在樂多和蕃薯藤經營網路社群到底是怎麼回事。同學碰面寒暄，亮出網址，「這是我的無名，那你的無名呢？」可是同學我沒有無名啊，但我有部落格。

只是沒想到，無名也再見了，而我的樂多部落格也長草了，但還是會持續收到主旨爲「只要有部落格，睡覺都有人幫你賺錢」的廣告郵件，出現的機率幾乎跟「李宗瑞光碟」和「蜜桃客服」的垃圾郵件一樣頻繁。時光飛逝啊，垃圾郵件應該也要升級才是。

加入臉書之前，其實比較常在twitter與plurk打混，已經很多年沒有花錢買報紙了，因爲網路早就把明日的新聞拿來今天分享，有黑米跟funP還有Google Reader，但這些工具又被LINE和臉書打到時光機才有辦法重返的舊時代。已讀未讀成爲時間切割與交情好壞的天平，封鎖到底算不算絕交，但其實也沒眞的見過面。人際往來有了新工具新規矩，說話口氣或文字味道嗅出世代隔閡的差異，世代不是拿年齡來分類，而是對新溝通模式的熟悉度，所以年紀大的柯P逆轉了支持者的年齡鐵律，年紀比較輕的對手反而得爺爺奶奶疼，政治世界也已經改變了，不要再開什麼中山會報了。

越來越多新科技工具出現，汰換速度越來越快，逼人絕情的力道也毫不客氣。如果一直覺得XP系統好用，就不肯嘗試win8，但win10也已經來了；覺得智慧型手機操作很麻煩，就繼續拿智障手機過日子；不信任網路刷卡機制，只好犧牲網路購物的便利。所以買車票還是習慣去車站窗口排隊，對於機器操作的生疏與排斥，也就慢慢侷限了移動與消費的範圍。可以找到別人代勞就不想自己學習，覺得很麻煩就乾脆放棄，直到自己熟悉的東西都買不到了，才開始感嘆人生好寂寞。

以前曾經認爲Know Who比Know How還輕鬆，可以找到人幫忙處理就不必學習；近幾年覺得這樣想實在太懶惰，如果可以學一次就受用一輩子，那還是學一下吧！何況網路Google總能找到熱心網友分享的step by step，圖文並茂，「白痴教學」，當一次白痴被教育一下，永保青春。

想當年對於光華商場店家騎樓那些透明夾的大補帖光碟目錄多麼熱中，新系統上線如果沒有跟上進度好像就被時代拋棄了，現在則是覺得用習慣了那就不必更新，免得還要適應新功能，實在煩死了。

比起膠原蛋白和骨質密度，對於新科技新事物新潮流所流失的好奇心恐怕更爲驚人，只是步入中年之後，很容易就給自己找藉口，那些緩緩流失的好奇心，很難察覺，畢竟人易懶惰豬易肥，發現的時候，已經提不起勁了，這是多麼恐怖的事情啊！只要想一想，可以用手機APP查詢公車到站時間，就不必在公車站牌下苦苦等候，這是多麼美好的進步啊，一定要跟上潮流才行。

所以，要提醒自己，絕對要保持對新事物好奇的熱情，就算老了還是可以持續關注喜歡的球鞋品牌新款到底變成怎樣，開架式保養品研發出什麼新配方，抹布出現什麼新材質，哪裡有更划算的買一送一衛生紙……新產品新口味也來試試看免得變得越來越頑固，試過之後倘若發現沒有老東西來得厲害，至少長了新常識。腦筋活絡才不會對新奇事物失去幸福的玩興，往後或許有更厲害的科技出現，一直學習才會覺得未來好歡樂，不至於窩在家裡看政論節目和本土劇，哪裡都不想去。

雖然這麼決定，但體力總有越來越衰退的時候，說不定我們這個世代到了老年，膝蓋不好了，沒辦法出門血拼，至少還能網購，沒辦法去電影院看首輪，至少還能網路下載影片。不過到了那時，更厲害的科技應該出現了，年輕世代不曉得用了什麼新工具去了什麼海闊天空的地方，網路剩下我們這些中老年人口，也許會被後生晚輩數落，「不要上網啦，你們這些宅老。」

但無論如何，一定要對不斷前進的世界，保持好奇心啊！有一天，當自己對新科技新事物開始不耐煩，對於一直慣用的東西或軟體不再生產或不再更新，除了崩潰之外也沒什麼辦法，對流行語完全陌生，連衛生紙去哪裡買都不清楚的時候，那就眞的老了。

第二次青春期

◆

這標題好像不太符合醫學定義，畢竟，青春期只有一次，接下來就應該是更年期才對，可是青春期好像又跟更年期的意思很接近，既然從兒童或少年蛻變成為大人的身心適應期稱之為青春期，那麼，從青壯年進化到中老年，不也是身心適應期嗎？所以，更年期如果改稱為第二次青春期，聽起來似乎不賴。

一樣是對自己的身心變化敏感，對旁人的眼光敏感，不管是第一次還是第二次青春期，對自身實際年齡的想法，對照旁人看到的自己，都有種格格不入的彆扭。第一次青春期，很討厭被別人「看小」；第二次青春期，則是很討厭被別人「看老」。

人生面對第一次青春期，往往認為自己夠成熟了，但是在父母師長眼裡，卻仍然被當成小孩，也就出現心境與行為上的叛逆與拉扯。來到第二次青春期，以為自己還很年輕，可是外人卻開始喊妳阿姨或稱呼你阿伯，照例又開始一場心境與行為上的掙扎，關於身心年齡的不適應和不耐症狀，起碼要經歷幾年的調適，才有辦法從抗拒轉爲接受。

首先，從自己的視線看出去，對於年齡稱謂的定義，開始出現崩解式的動搖。譬如自己眼裡看到的「阿姨」，有可能年紀比自己還要輕；過去理所當然尊稱老爺爺的人，現在叫他大哥好像也不過分。自己看自己都認爲是娃娃臉，還算年輕，也就拒絕在別人眼裡看來「顯老」，被叫老了，總是火冒三丈，認爲對方太沒禮貌。

年齡一向是減分，媒體拿來評比政治人物的太太或名女人的ＰＫ表，年齡比較大的一方，就會被貼上「敗」的標籤，而且那「敗」的標籤旁邊還會加上閃電爆炸或發抖的邊框，下手都很重。

偏偏這個「敗」，放在別人身上很容易，充滿消遣揶揄取笑與看好戲的樂趣，放在自己身上，就千百個不願意，好像被什麼尖銳的東西扎到，痛死了。

倘若從鏡子裡面看到自己的臉，出現任何細紋浮腫下垂，就會自我安慰，可能是昨夜睡前喝太多水，或是最近太疲累，若是身材看起來胖了些，就安慰自己，應該是鏡子有問題。

大約四十歲過後，自己內心仍然覺得很年輕、但外人已經將你歸類爲長輩的階段了。

尤其是女人，很怕被問到年齡，但是歲月並不會因爲妳的害怕而縮手，時候到了，全體公平，每個人都多一歲，沒得商量。

不過，我從自己母親的身上，看到年齡從負分變成加分的魔法，並不是說她透過各種人工手段想辦法凍齡，而是她很愛主動問別人：「你猜我幾歲？」

中學以前，經常陪母親上菜市場，陪她去市區剪布，去找裁縫做衣服，偶爾跟她去找美容師做臉，去髮廊做頭髮。只要有人誇讚她皮膚好，會打扮，她立刻就要對方猜她幾歲。

「嗯，看起來應該四十出頭吧？」

「什麼，我已經五十啦！」（大笑～）

過了好幾年，母親還是很愛主動要求別人猜她幾歲，尤其遇到菜市場賣魚的阿伯叫她「阿妹ㄚ」的時候，更加問得起勁。

阿伯回答，「頂多六十吧！」

母親大笑，「我八十了耶！」

（我在一旁翻白眼，明明才七十八歲，這是哪門子的四捨五入啊！）

好一陣子，我對母親這行爲眞是不耐煩，畢竟那幾年，自己對年齡還十分敏感，何況跟她一起出現的場合，對方一旦猜完她的年紀，母親公布完答案，證明她的外表看起來眞的比實際年齡還要小，心情特好之餘，順便連我的年紀也告訴陌生人，簡直是買一送一，我站在一旁，翻白眼都翻到後腦勺了，眞是炸裂。

母親是個注重保養的人，不只是外表的俐落潔淨，衣服穿搭尤其介意，絕對不讓自己看起來老氣，最重要的是，飲食與運動養生又特別謹愼，我逐漸理解，她確實有本錢將年齡從女人的負分扭轉爲加分。市場賣魚的阿伯喊她「阿妹ㄚ」，但實際年齡卻是母親比阿伯還要大上好幾歲，如果是這樣，公開自己年齡，還有辦法讓對方誇自己年輕，眞是開心啊，根本是大砲等級的轟炸戰力。

我認識一位菜市場賣菜的老闆娘，有一陣子，她經常苦惱於筋骨痠痛。問她有沒有看醫生，沒想到老闆娘說，不必看醫生啦，這叫做「轉骨」，好像小孩子「轉大人」一樣，現在她要「轉老人」了，筋骨正在適應，調整到老人的狀態，沒關係。

簡直是神回覆，我在菜市場遇到哲學家了，這位老闆娘已經成功超越第二次青春期的考驗，闖關成功了。

日本人說，六十歲是還曆之年，大抵有那種第二人生重新開始的意思。如果是那樣定義，不管是更年期還是第二次青春期，都算是朝著還曆的第二次起跑點前進，那還眞是讓人期待呢！

至於，這段期間的種種彆扭，可不可以稱之爲叛逆呢？好像被指責固執、難搞或龜毛的機率還比較高吧！

那就把年齡當成加分吧，歡喜看待自己老去的過程，接受變老的事實，說不定是第二次青春期最美好的體驗。接受「老」，也才有辦法一直青春下去吧！

接受「老」，
也才有辦法
一直青春下去！

國家圖書館出版品預行編目資料

初老，然後呢？／米果著．——初版——臺北市：
大田，民 105.01
面；公分．——（美麗田；150）

ISBN 978-986-179-429-7（平裝）

855　　　104022713

美麗田 150

初老，然後呢？

米果◎著

出版者：大田出版有限公司
台北市 10445 中山北路二段 26 巷 2 號 2 樓
E-mail：titan3@ms22.hinet.net　http：//www.titan3.com.tw
編輯部專線：（02）2562-1383　傳眞：（02）2581-8761
【如果您對本書或本出版公司有任何意見，歡迎來電】
法律顧問：陳思成

總編輯：莊培園
副總編輯：蔡鳳儀　執行編輯：陳顗如
行銷企劃：張家綺
校對：金文蕙／黃薇霓
美術視覺：賴維明
印刷：上好印刷股份有限公司（04）23150280
初版：2016 年（民 105）1 月 10 日　定價：250 元
二刷：2016 年（民 105）3 月 10 日
國際書碼：978-986-179-429-7　CIP：855/104022713

From：地址：_______________

姓名：_______________

廣告回信
台北郵局登記證
台北廣字第01764號

平信

To：**大田出版有限公司 （編輯部）收**

地址：台北市 10445 中山區中山北路二段 26 巷 2 號 2 樓

電話：(02) 25621383　傳真：(02) 25818761

E-mail：titan3@ms22.hinet.net

＊請沿虛線剪下，對摺裝訂寄回，謝謝！

大田精美小禮物等著你！

只要在回函卡背面留下正確的姓名、E-mail和聯絡地址，
並寄回大田出版社，
你有機會得到大田精美的小禮物！
得獎名單每雙月10日，
將公布於大田出版「編輯病」部落格，
請密切注意！

大田編輯病部落格：http：//titan3pixnet.net/blog/

智慧與美麗的許諾之地

＊請沿虛線剪下，對摺裝訂寄回，謝謝！

讀 者 回 函

你可能是各種年齡、各種職業、各種學校、各種收入的代表，

這些社會身分雖然不重要，但是，我們希望在下一本書中也能找到你。

名字／＿＿＿＿＿＿＿ 性別／□女 □男　出生／＿＿＿年＿＿＿月＿＿＿日

教育程度／

職業：□ 學生□ 教師□ 內勤職員□ 家庭主婦 □ SOHO族□ 企業主管

□ 服務業□ 製造業□ 醫藥護理□ 軍警□ 資訊業□ 銷售業務

□ 其他＿＿＿＿＿＿＿＿＿＿＿＿＿＿＿＿

E-mail/＿＿＿＿＿＿＿＿＿＿＿＿＿＿＿＿ 電話／＿＿＿＿＿＿＿＿＿＿

聯絡地址：

你如何發現這本書的？　書名：初老，然後呢？

□書店閒逛時＿＿＿＿書店 □不小心在網路書店看到（哪一家網路書店？）＿＿＿＿

□朋友的男朋友(女朋友)灑狗血推薦 □大田電子報或編輯病部落格 □大田FB粉絲專頁

□部落格版主推薦 ＿＿＿＿＿＿＿＿＿＿＿＿＿＿＿＿

□其他各種可能 ，是編輯沒想到的 ＿＿＿＿＿＿＿＿＿＿＿＿＿

你或許常常愛上新的咖啡廣告、新的偶像明星、新的衣服、新的香水……

但是，你怎麼愛上一本新書的？

□我覺得還滿便宜的啦！ □我被內容感動 □我對本書作者的作品有蒐集癖

□我最喜歡有贈品的書 □老實講「貴出版社」的整體包裝還滿合我意的 □以上皆非

□可能還有其他說法，請告訴我們你的說法

＿＿＿＿＿＿＿＿＿＿＿＿＿＿＿＿＿＿＿＿＿＿＿＿＿＿＿＿＿

你一定有不同凡響的閱讀嗜好，請告訴我們：

□哲學 □心理學 □宗教 □自然生態 □流行趨勢 □醫療保健 □ 財經企管□ 史地□ 傳記

□ 文學□ 散文□ 原住民 □ 小說□ 親子叢書□ 休閒旅遊□ 其他 ＿＿＿＿＿＿＿＿

你對於紙本書以及電子書一起出版時，你會先選擇購買

□ 紙本書□ 電子書□ 其他＿＿＿＿＿＿＿＿＿＿＿＿＿＿＿＿＿＿＿

如果本書出版電子版，你會購買嗎？

□ 會□ 不會□ 其他＿＿＿＿＿＿＿＿＿＿＿＿＿＿＿＿＿＿＿＿＿

你認為電子書有哪些品項讓你想要購買？

□ 純文學小說□ 輕小說□ 圖文書□ 旅遊資訊□ 心理勵志□ 語言學習□ 美容保養

□ 服裝搭配□ 攝影□ 寵物□ 其他 ＿＿＿＿＿＿＿＿＿＿＿＿＿＿＿＿

請說出對本書的其他意見：